大是文化

たったの 72 パターンでこんなに話せる日本語

開口說日語的捷徑

簡單說更道地，日常表達、旅遊必備，就算只會50音。

日語學校「東洋言語學院」校長，
日語教育碩士

德山隆——著

賴詩韻——譯

//目錄

 Part 1 日常表達、旅遊必備基礎句型

讓你日語更道地的慣用句

附錄

推薦序一

鼓起勇氣說日語的最佳幫手

日語教育自媒體「阿陞日語」講師／阿陞

　　AI 時代已然來臨。在這個問題丟網路就有答案的時代，真的還需要看日語學習書籍來學習日語嗎？這是身為日語老師的我，經常被問到的問題。

　　我認為：當然需要。而且，一定會更加需要。

　　問題是：怎麼樣的學習書才可以真正幫助到你呢？我想，應該是這本能讓你更勇敢開口活用日語的書。

　　在 AI 時代，機器翻譯和語音識別技術的發展，讓我們更容易獲取語言資訊，但當你與人面對面溝通時，還是需要口說能力。萬一手機不在手邊，或到了沒有網路訊號的地方，無法查找任何資料、開啟翻譯軟體時，該怎麼辦？

　　日常生活中，許多時候還是要靠人與人之間臨場相處的能力，因此口說能力仍非常重要。而**本書不僅能幫助你在日語學習的旅程中，節省大量時間和精力，還能讓你保持開口說出自然日語的優勢與勇氣。**

　　教授日語的這幾年裡，我很幸運能和許多積極學習的

同學，創造出不同風格和氛圍的日語課。不過，無論是線上還是實體課程的同學，容易感到困難的部分往往還是在於鼓起勇氣、開口說日語。無法開口說、害怕無法說出正確的日語，讓許多學習者感到沮喪和無助。

收到本書的試閱內容時，我就知道**這本書非常適合學過或正在學習初級文法（日檢程度 N4 或 N5）、想嘗試開口說日語的同學**。如果你學過初級文法後躍躍欲試，想實際在生活場景中運用，卻不知如何把所學內容組裝成自然的日語，或是沒有勇氣以你學過的日語單字及文法跟人溝通，本書將會給你極大的幫助。

本書收錄並介紹了日語基礎會話中最常用的 72 個句型。學習這些句型，相信你一定可以更輕鬆應對日常生活和旅行中的情境。書中內容難度循序漸進，無論你是學過再複習，或是先預習還未學過的部分，都能一步步吸收這些基礎、卻十分關鍵的句型和慣用法。

本書有 50 音列表、基礎單字、詞類變化和數量詞等，在初級日文課程中會接觸到的學習內容大整理。另外，書中也附上了 QR Code，手機掃描即可收聽音檔，除了閱讀文字內容以外，你不妨嘗試跟著音檔讀，讓會話和句型的學習相得益彰。

在這個快速變化、資訊唾手可得的時代中，感謝你還願

意堅持努力學習日語、用日語拓展世界觀。也祝福你能透過本書，繼續享受開口說日語的美好。

推薦序二

學你用得到的單字和句型

《最強日文語感增強術》作者／楊筠 Yuna Yang

　　我們有時會聽到正在學外語的人說：「我單字量太少，所以不會講。」其實，外語學了很久卻還是說不出口，牽涉到的因素很多。若只談論單字量多寡的問題，我認為可以這麼解釋：「與其說是單字背得太少，倒不如說是『不會用』、『沒有試著應用，所以不知道自己會用哪些單字』。」

　　知道何時用、怎麼用，並將「真正用得到」的單字，融入常見的固定句型／講法中，我們才能與這些單字有所連結（而非只是陳列在單字書上、一串冷冰冰的文字）。

　　任何知識都必須跟我們的實際生活有「關聯」且「反覆出現」，大腦才會覺得「它很重要！」，並有機會進入長期記憶區。你生活中實際用得到、能拿出來反覆使用的單字和句型，才是專屬於你、且應該花費心力大量練習與累積的學習內容。

　　我們的時間跟精力有限，學習時要避免陷入「學越多，就會越好」的迷思。當然，高階語言能力絕對得透過經年

累月的累積得來，但我想說的是——**在剛接觸一個新的語言（新的世界觀）時，就過分強求自己學習過多（且不知道能否派上用場）的內容，反而會降低學習效率、增加挫折感。**你可能會發現，明明已經學了一段時間，但聽、說等語言能力仍沒有起色。

首先，我們得釐清自己的學習目的：你想通過檢定考？希望去日本旅行時能順利跟當地人溝通？或想交到日本朋友？又或者你不是單純對日語有興趣，而是想利用這個工具，看到更寬廣的世界（例如：閱讀日文報章雜誌、不經翻譯就能接收當地第一手消息）？學習目的究竟為何，才是我們為自己訂定學習計畫、挑選學習內容時，最重要的考量。

《開口說日語的捷徑》一書，旨在利用這些常見、使用頻率高、習慣的固定句型／講法，讓我們從中掌握單字使用時機。**不需要背一大堆跟我們沒有關係的單字，而是從生活化的例句中，找出對我們來說真正需要、用得到的詞彙。**只要你將這些單字代入句型，就能**達成開口說日語、完成簡單溝通或對話的目標。**

此外，我也推薦你藉由本書提供的應用練習，建立你專屬的「個人化單字庫」。透過替換句型關鍵字的練習，找出與自己生活最緊密相關的單字，放入你的單字庫中（可以使用 Excel 表格，或輸入手機、平板的記事本等，用你最方便的

方式整理），當你再度碰到需要的單字或句型時，就可以快速的從已整理好的單字庫中找到它們，不需要額外花時間搜尋，如此便能讓學習更有效率、更即時。

相信本書精心挑選出來的句型與慣用講法，能幫助已學習一段時間、卻遲遲無法輸出一個完整句子的日語學習者。

前言

套用句型，日語就道地

　　「想輕鬆說出更多日語」、「想自然說出日常會話」，這是許多日語學習者的共同心聲。

　　在本書中，將為大家挑出日常會話中最常用的句型。**只要活用本書介紹的 72 種句型，日語基礎會話絕對沒問題！**

　　任何語言都有「句型」。學習時，不能光是背例句，確實搞懂句型、代入單字，就可以讓會話內容更豐富多變！

　　Part 1「日常表達、旅遊必備基礎句型」，會先介紹基礎會話句型，再透過「應用」小單元，學習否定句和疑問句。

　　Part 2「讓你日語更道地的慣用句」，介紹日常生活的常用句型，增加會話內容的廣度。

　　書中各個小單元出現的短句，漢字都有標上假名，並附上羅馬拼音，方便你讀出單字和句子。

　　透過本書介紹的 72 種句型，幫助你打好日語基礎，讓你能在各種場合開口說日語！希望這本書能在你學習日語的路上，助你一臂之力。

日語基礎 50 音（平假名）

	a		i		u		e		o
	あ	a	い	i	う	u	え	e	お	o
k	か	ka	き	ki	く	ku	け	ke	こ	ko
s	さ	sa	し	shi	す	su	せ	se	そ	so
t	た	ta	ち	chi	つ	tsu	て	te	と	to
n	な	na	に	ni	ぬ	nu	ね	ne	の	no
h	は	ha	ひ	hi	ふ	fu	へ	he	ほ	ho
m	ま	ma	み	mi	む	mu	め	me	も	mo
y	や	ya			ゆ	yu			よ	yo
r	ら	ra	り	ri	る	ru	れ	re	ろ	ro
w	わ	wa							を	wo
	ん	n								

	a		i		u		e		o
g	が	ga	ぎ	gi	ぐ	gu	げ	ge	ご	go
z	ざ	za	じ	ji	ず	zu	ぜ	ze	ぞ	zo
d	だ	da	ぢ	ji	づ	zu	で	de	ど	do
b	ば	ba	び	bi	ぶ	bu	べ	be	ぼ	bo
p	ぱ	pa	ぴ	pi	ぷ	pu	ぺ	pe	ぽ	po

-ya		-yu		-yo	
きゃ	kya	きゅ	kyu	きょ	kyo
しゃ	sha	しゅ	shu	しょ	sho
ちゃ	cha	ちゅ	chu	ちょ	cho
にゃ	nya	にゅ	nyu	にょ	nyo
ひゃ	hya	ひゅ	hyu	ひょ	hyo
みゃ	mya	みゅ	myu	みょ	myo
りゃ	rya	りゅ	ryu	りょ	ryo

-ya / -a		-yu / -u		-yo / -o	
ぎゃ	gya	ぎゅ	gyu	ぎょ	gyo
じゃ	ja	じゅ	ju	じょ	jo
びゃ	bya	びゅ	byu	びょ	byo
ぴゃ	pya	ぴゅ	pyu	ぴょ	pyo

日語基礎 50 音（片假名）

	a	i	u	e	o
	ア a	イ i	ウ u	エ e	オ o
k	カ ka	キ ki	ク ku	ケ ke	コ ko
s	サ sa	シ shi	ス su	セ se	ソ so
t	タ ta	チ chi	ツ tsu	テ te	ト to
n	ナ na	ニ ni	ヌ nu	ネ ne	ノ no
h	ハ ha	ヒ hi	フ fu	ヘ he	ホ ho
m	マ ma	ミ mi	ム mu	メ me	モ mo
y	ヤ ya		ユ yu		ヨ yo
r	ラ ra	リ ri	ル ru	レ re	ロ ro
w	ワ wa				ヲ wo
	ン n				

	a	i	u	e	o
g	ガ ga	ギ gi	グ gu	ゲ ge	ゴ go
z	ザ za	ジ ji	ズ zu	ゼ ze	ゾ zo
d	ダ da	ヂ ji	ヅ zu	デ de	ド do
b	バ ba	ビ bi	ブ bu	ベ be	ボ bo
p	パ pa	ピ pi	プ pu	ペ pe	ポ po

-ya	-yu	-yo
キャ kya	キュ kyu	キョ kyo
シャ sha	シュ shu	ショ sho
チャ cha	チュ chu	チョ cho
ニャ nya	ニュ nyu	ニョ nyo
ヒャ hya	ヒュ hyu	ヒョ hyo
ミャ mya	ミュ myu	ミョ myo
リャ rya	リュ ryu	リョ ryo

-ya / -a	-yu / -u	-yo / -o
ギャ gya	ギュ gyu	ギョ gyo
ジャ ja	ジュ ju	ジョ jo
ビャ bya	ビュ byu	ビョ byo
ピャ pya	ピュ pyu	ピョ pyo

21

—— 日本語 基本の基本！——

先學這些基礎單字

MP3

● 代名詞

單字（假名標音）	羅馬拼音	中文翻譯
私（わたし）	watashi	我
あなた	anata	你
彼（かれ）	kare	他
彼女（かのじょ）	kanojo	她
私たち（わたしたち）	watashitachi	我們
あなたたち	anatatachi	你們
彼ら（かれら）	karera	他們
彼女ら（かのじょら）	kanojora	她們
これ	kore	這個
それ	sore	那個（近）
あれ	are	那個（遠）
ここ	koko	這裡
そこ	soko	那裡（近）
あそこ	asoko	那裡（遠）

MP3

● 方向 （ほう こう）

單字（假名標音）	羅馬拼音	中文翻譯
右（みぎ）	migi	右
左（ひだり）	hidari	左
東（ひがし）	higashi	東
西（にし）	nishi	西
南（みなみ）	minami	南
北（きた）	kita	北

● 位置 （い ち）

上（うえ）	ue	上
下（した）	shita	下
外（そと）	soto	外面
中（なか）	naka	裡面

● 疑問詞 （ぎ もん し）

何（なに）	nani	什麼
誰（だれ）	dare	誰
いつ	itsu	何時
どこ	doko	哪裡
どうして、なぜ	doushite, naze	為什麼、為何
いくつ	ikutsu	幾個
いくら	ikura	多少錢
どれくらい	dorekurai	多少
どうやって	douyatte	如何

● 一日

單字（假名標音）	羅馬拼音	中文翻譯
朝（あさ）	asa	早上
昼（ひる）	hiru	中午、白天
夕方（ゆうがた）	yuugata	傍晚
夜（よる）	yoru	晚上
午前（ごぜん）	gozen	上午
正午（しょうご）	shougo	中午
午後（ごご）	gogo	下午
朝食（ちょうしょく）	choushoku	早餐
昼食（ちゅうしょく）	chuushoku	午餐
夕食（ゆうしょく）	yuushoku	晚餐

● 日

今日（きょう）	kyou	今天
昨日（きのう）	kinou	昨天
おととい	ototoi	前天
明日（あした、あす）	ashita, asu	明天
あさって	asatte	後天
毎日（まいにち）	mainichi	每天

● 週
しゅう

單字（假名標音）	羅馬拼音	中文翻譯
今週（こんしゅう）	konshuu	這週
先週（せんしゅう）	senshuu	上週
来週（らいしゅう）	raishuu	下週
毎週（まいしゅう）	maishuu	每週

● 月
つき

今月（こんげつ）	kongetsu	這個月
先月（せんげつ）	sengetsu	上個月
来月（らいげつ）	raigetsu	下個月
毎月（まいつき）	maitsuki	每個月

● 年
とし

今年（ことし）	kotoshi	今年
去年（きょねん）	kyonen	去年
来年（らいねん）	rainen	明年
毎年（まいとし）	maitoshi	每年

● 四季
し き

春（はる）	haru	春
夏（なつ）	natsu	夏
秋（あき）	aki	秋
冬（ふゆ）	fuyu	冬

● 曜日／星期

單字（假名標音）	羅馬拼音	中文翻譯
月曜日（げつようび）	getsuyoubi	星期一
火曜日（かようび）	kayoubi	星期二
水曜日（すいようび）	suiyoubi	星期三
木曜日（もくようび）	mokuyoubi	星期四
金曜日（きんようび）	kinyoubi	星期五
土曜日（どようび）	doyoubi	星期六
日曜日（にちようび）	nichiyoubi	星期日

● 数字

數字	假名／羅馬拼音		數字	假名／羅馬拼音	
1	いち	ichi	11	じゅういち	juuichi
2	に	ni	12	じゅうに	juuni
3	さん	san	13	じゅうさん	juusan
4	し	shi	14	じゅうし	juushi
5	ご	go	15	じゅうご	juugo
6	ろく	roku	16	じゅうろく	juuroku
7	なな（しち	nana shichi)	17	じゅうなな（じゅうしち	juunana juushichi)
8	はち	hachi	18	じゅうはち	juuhachi
9	きゅう	kyuu	19	じゅうきゅう（じゅうく	juukyuu juuku)
10	じゅう	juu	20	にじゅう	nijuu

數字	假名／羅馬拼音		數字	假名／羅馬拼音	
30	さんじゅう	sanjuu	300	さんびゃく	sanbyaku
40	よんじゅう	yonjuu	400	よんひゃく	yonhyaku
50	ごじゅう	gojuu	500	ごひゃく	gohyaku
60	ろくじゅう	rokujuu	600	ろっぴゃく	roppyaku
70	しちじゅう	shichijuu	700	ななひゃく	nanahyaku
80	はちじゅう	hachijuu	800	はっぴゃく	happyaku
90	きゅうじゅう	kyuujuu	900	きゅうひゃく	kyuuhyaku
100	ひゃく	hyaku	1000	せん	sen
200	にひゃく	nihyaku	2000	にせん	nisen

數字	假名／羅馬拼音	
10,000	一万（いちまん）	ichiman
100,000	十万（じゅうまん）	juuman
1,000,000	百万（ひゃくまん）	hyakuman
10,000,000	一千万（いっせんまん）	issenman
100,000,000	一億（いちおく）	ichioku
1,000,000,000,000	一兆（いっちょう）	icchou

MP3

● 時間の言い方／時間的講法

時間	假名／羅馬拼音		時間	假名／羅馬拼音	
1時	いちじ	ichi ji	7時	しちじ	shichi ji
2時	にじ	ni ji	8時	はちじ	hachi ji
3時	さんじ	san ji	9時	くじ	ku ji
4時	よじ	yo ji	10時	じゅうじ	juu ji
5時	ごじ	go ji	11時	じゅういちじ	juuichi ji
6時	ろくじ	roku ji	12時	じゅうにじ	juuni ji

●月<ruby>月<rt>つき</rt></ruby>

MP3

月分	假名／羅馬拼音		月分	假名／羅馬拼音	
1月	いち がつ	ichi gatsu	7月	しち がつ	shichi gatsu
2月	に がつ	ni gatsu	8月	はち がつ	hachi gatsu
3月	さん がつ	san gatsu	9月	く がつ	ku gatsu
4月	し がつ	shi gatsu	10月	じゅう がつ	juu gatsu
5月	ご がつ	go gatsu	11月	じゅういち がつ	juuichi gatsu
6月	ろく がつ	roku gatsu	12月	じゅうに がつ	juuni gatsu

●日<ruby>日<rt>ひ</rt></ruby>にち／日期

MP3

日期	假名／羅馬拼音		日期	假名／羅馬拼音	
1日	ついたち	tsuitachi	17日	じゅうしち にち	juushichi nichi
2日	ふつか	futsuka	18日	じゅうはち にち	juuhachi nichi
3日	みっか	mikka	19日	じゅうく にち	juuku nichi
4日	よっか	yokka	20日	はつか	hatsuka
5日	いつか	itsuka	21日	にじゅういち にち	nijuuichi nichi
6日	むいか	muika	22日	にじゅうに にち	nijuuni nichi
7日	なのか	nanoka	23日	にじゅさん にち	nijuusan nichi
8日	ようか	youka	24日	にじゅうよっか	nijuuyokka
9日	ここのか	kokonoka	25日	にじゅうご にち	nijuugo nichi
10日	とうか	touka	26日	にじゅうろく にち	nijuuroku nichi
11日	じゅういち にち	juuichi nichi	27日	にじゅうしち にち	nijuushichi nichi
12日	じゅうに にち	juuni nichi	28日	にじゅうはち にち	nijuuhachi nichi
13日	じゅうさん にち	juusan nichi	29日	にじゅうく にち	nijuuku nichi
14日	じゅうよっか	juuyokka	30日	さんじゅう にち	sanjuu nichi
15日	じゅうご にち	juugo nichi	31日	さんじゅういち にち	sanjuuichi nichi
16日	じゅうろく にち	juuroku nichi			

日常表達、旅遊必備
基礎句型

これは～です
Kore wa ～ desu

這是什麼？那是什麼？

基本フレーズ　基礎短句

これは プレゼント です。
Kore wa purezento desu

這是禮物。This is a gift.

　　「**これは～です**」是說明近距離或是拿在手上的事物，若要說明距離較遠的事物，則用「**あれは～です**」。

基本パターン　基礎句型

これは	+		+	です
Kore wa				desu

あれは	+		+	です
Are wa				desu

基本パターンで言ってみよう！**運用基礎句型說說看！**

これは おみやげ です。
Kore wa omiyage desu

這是伴手禮。
This is a souvenir.

これは 私の かばん です。
Kore wa watashi no kaban desu

這是我的包包。
This is my bag.

これは 私の 住所 です。
Kore wa watashi no juusho desu

這是我的住址。
This is my address.

これは 私の 電話番号 です。
Kore wa watashi no denwa bangou desu

這是我的電話號碼。
This is my telephone number.

あれは 駅 です。
Are wa eki desu

那是車站。
That is a station.

あれは 富士山 です。
Are wa fujisan desu

那是富士山。
That is Mt. Fuji.

応用・應用篇
おうよう

否定パターン 否定句型
ひ てい

これは	+		+	です

Kore wa　　　　　　　　　desu

↓

これは	+		+	では ありません

Kore wa　　　　　　　dewa arimasen

これは おみやげ ではありません。
Kore wa omiyage dewa arimasen

這不是伴手禮。
This is not a souvenir.

これは 私の かばん ではありません。
わたし
Kore wa watashi no kaban dewa arimasen

這不是我的包包。
This is not my bag.

これは 私の 住所 ではありません。
わたし　じゅうしょ
Kore wa watashi no juusho dewa arimasen

這不是我的住址。
This is not my address.

これは 私の 本 ではありません。
わたし　ほん
Kore wa watashi no hon dewa arimasen

這不是我的書。
This is not my book.

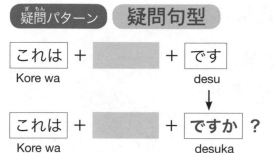

疑問パターン（ぎもん）　疑問句型

これは ＋ ▢ ＋ です
Kore wa　　　　　　desu

↓

これは ＋ ▢ ＋ ですか ？
Kore wa　　　　　　desuka

これは おみやげ ですか？
Kore wa omiyage desuka

這是伴手禮嗎？
Is this a souvenir?

これは あなたの かばん ですか？
Kore wa anata no kaban desuka

這是你的包包嗎？
Is this your bag?

あれは 駅（えき）ですか？
Are wa eki desuka

那是車站嗎？
Is that a station?

答え方（こた かた）／回答方式

はい、そうです。
Hai　　soudesu

是的。
Yes, it is.

いいえ、違います（ちが）。
Iie　　chigaimasu

不是。
No, it isn't

基本フレーズ　基礎短句

MP3

私は 学生 です。
わたし　がくせい

Watashi wa gakusei desu

我是學生。I'm a student.

「私は〜です」是自我介紹時常用的句型（〜處可以是名
字、職業、身分等內容）。

基本パターン　基礎句型

私は　＋　　　　　＋　です
わたし

Watashi wa　　　　　　　desu

基本パターンで言ってみよう！運用基礎句型說說看！

私は ナム・フォン です。
Watashi wa Namu Fon desu
我叫Nam Phong。
I'm Nam Phong.

私は 会社員 です。
Watashi wa kaishain desu
我是上班族。
I'm an office worker.

彼は ベトナム人 です。
Kare wa betonamujin desu
他是越南人。
He's Vietnamese.

彼女は 医者 です。
Kanojo wa isha desu
她是醫生。
She's a doctor.

父は 教師 です。
Chichi wa kyoushi desu
我爸爸是老師。
My father is a teacher.

私たちは 友だち です。
Watashitachi wa tomodachi desu
我們是朋友。
We are friends.

台湾人	taiwanjin	臺灣人
日本人	nihonjin	日本人
中国人	chuugokujin	中國人
韓国人	kankokujin	韓國人
名前	namae	名字

応用おうよう ・ 應用篇

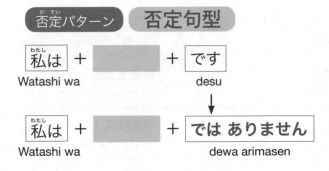

否定ひていパターン　否定句型

| 私わたしは | + | | + | です desu |

↓

| 私わたしは | + | | + | では ありません dewa arimasen |

私わたしは 学生がくせい ではありません。
Watashi wa gakusei dewa arimasen

我不是學生。
I'm not a student.

私わたしは 会社員かいしゃいん ではありません。
Watashi wa kaishain dewa arimasen

我不是上班族。
I'm not an office worker.

彼かれは ベトナム人じん ではありません。
Kare wa betonamujin dewa arimasen

他不是越南人。
He isn't Vietnamese.

父ちちは 教師きょうし ではありません。
Chichi wa kyoushi dewa arimasen

我爸爸不是老師。
My father isn't a teacher.

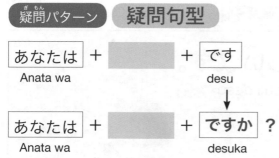

疑問<ruby>パターン<rt>ぎ もん</rt></ruby>　　疑問句型

あなたは	+		+	です
Anata wa				desu

↓

あなたは	+		+	ですか	？
Anata wa				desuka	

あなたは <ruby>学生<rt>がく せい</rt></ruby> ですか？
Anata wa gakusei desuka

你是學生嗎？
Are you a student?

....

<ruby>彼<rt>かれ</rt></ruby>は ベトナム<ruby>人<rt>じん</rt></ruby> ですか？
Kare wa betonamujin desuka

他是越南人嗎？
Is he Vietnamese?

....

<ruby>彼女<rt>かの じょ</rt></ruby>は <ruby>医者<rt>い しゃ</rt></ruby> ですか？
Kanojo wa isha desuka

她是醫生嗎？
Is she a doctor?

....

<ruby>答え方<rt>こた かた</rt></ruby>／回答方式

はい、そうです。
　　Hai　　soudesu

是的。
Yes, she/he is.

いいえ、<ruby>違います<rt>ちが</rt></ruby>。
　　Iie　　chigaimasu

不是。
No, she/he isn't.

3 （人）は〜です
wa 〜 desu

我很開心，要怎麼說？

MP3

私は うれしい です。
Watashi wa ureshii desu

我很開心。I'm glad.

「**〜は〜です**」用於表示主語（人）的樣子或狀態（名詞或形容詞）。

基本パターン 基礎句型

基本パターンで言ってみよう！運用基礎句型説説看！

彼は やさしいです。
Kare wa yasashii desu

他很溫柔。
He's gentle.

....

彼女は かわいいです。
Kanojo wa kawaii desu

她很可愛。
She's cute.

....

彼女は 元気です。
Kanojo wa genki desu

她很好。
She's fine.

....

祖父は 80 才です。
Sofu wa hachijuu sai desu

我爺爺 80 歲。
My grandfather is 80 years old.

....

田中さんは 大家さんです。
Tanaka san wa ooyasan desu

田中先生是房東。
Mr. Tanaka is a landlord.

....

子供は 無料です。
Kodomo wa muryou desu

小孩免費。
It's free of charge to children.

応用・應用篇
おうよう

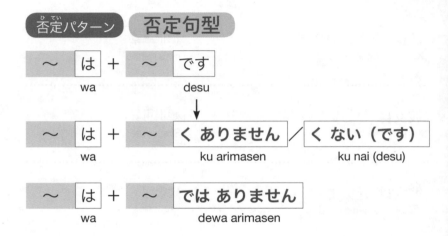

私は うれしくありません。 わたし Watashi wa ureshiku arimasen	我不開心。 I'm not happy.
彼は やさしくない（です）。 かれ Kare wa yasashiku nai (desu)	他不溫柔。 He isn't gentle.
彼女は 元気ではありません。 かの じょ　げん き Kanojo wa genki dewa arimasen	她不好。 She's not fine.
田中さんは 大家さんではありません。 た なか　　　おお や Tanaka san wa ooyasan dewa arimasen	田中先生不是房東。 Mr. Tanaka isn't a landlord.
子供は 無料ではありません。 こ ども　む りょう Kodomo wa muryou dewa arimasen	小孩不是免費。 It's not free of charge to children.

疑問パターン　疑問句型

～ は + ～ です wa　　　desu	
↓	
～ は + ～ですか？ wa　　　desuka	

あなたは うれしいですか？
Anata wa ureshii desuka

你開心嗎？
Are you happy?

彼は やさしいですか？
Kare wa yasashii desuka

他溫柔嗎？
Is he gentle?

彼女は 元気ですか？
Kanojo wa genki desuka

她好嗎？
Is she fine?

田中さんは 大家さんですか？
Tanaka san wa ooyasan desuka

田中先生是房東嗎？
Is Mr. Tanaka a landlord?

子供は 無料ですか？
Kodomo wa muryou desuka

小孩免費嗎？
Is it free of charge to
children?

（事物）は〜です
wa 〜 desu

用日語說「日本料理很好吃」

MP3

日本料理は おいしいです。

Nihon ryouri wa oishii desu

日本料理很好吃。Japanese food is delicious.

「〜は〜です」用於表示主語（事、物）的樣子或狀態（名詞或形容詞）。

基本パターンで言ってみよう！運用基礎句型說說看！

その部屋は 広いです。
Sono heya wa hiroi desu

那間房間很寬敞。
That room is spacious.

この映画は おもしろいです。
Kono eiga wa omoshiroi desu

這部電影很有趣。
That movie is interesting.

その道は 狭いです。
Sono michi wa semai desu

那條路很狹窄。
That road is narrow.

あの川は きれいです。
Ano kawa wa kirei desu

那條河川很漂亮。
That river is beautiful.

この薬は 苦いです。
Kono kusuri wa nigai desu

這個藥很苦。
This medicine is bitter,

ここは 3階です。
Koko wa sangai desu

這裡是 3 樓。
This is the third floor.

開口説日語的捷徑

応用・應用篇
おうよう

否定パターン 否定句型
ひ てい

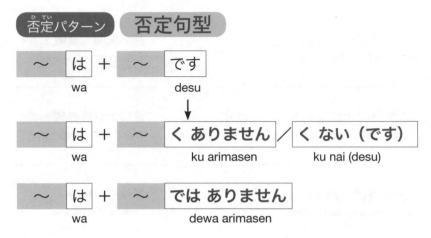

~ は + ~ です
wa　　　　desu

↓

~ は + ~ く ありません ／ く ない（です）
wa　　　　ku arimasen　　　ku nai (desu)

~ は + ~ では ありません
wa　　　　dewa arimasen

その部屋は 広くありません。
Sono heya wa hiroku arimasen
那間房間不寬敞。
That room isn't spacious.

この映画は おもしろくありません。
Kono eiga wa omoshiroku arimasen
這部電影不有趣。
This movie isn't interesting.

それは おいしくない（です）。
Sore wa oishiku nai (desu)
那個不好吃。
It's not delicious.

この薬は 苦くない（です）。
Kono kusuri wa nigaku nai (desu)
這個藥不苦。
This medicine isn't bitter.

ここは 3階ではありません。
Koko wa sangai dewa arimasen
這裡不是3樓。
This isn't the third floor.

44

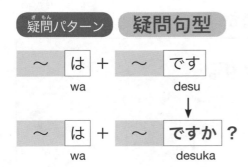

疑問パターン　疑問句型

その部屋は 広いですか？
Sono heya wa hiroi desuka

那間房間寬敞嗎？
Is that room spacious?

この映画は おもしろいですか？
Kono eiga wa omoshiroi desuka

這部電影有趣嗎？
Is this movie interesting?

それは おいしいですか？
Sore wa oishii desuka

那個好吃嗎？
Is that delicious?

渋谷は 近いですか？
Shibuya wa chikai desuka

澀谷很近嗎？
Is Shibuya nearby?

ここは 3階ですか？
Koko wa sangai desuka

這裡是 3 樓嗎？
Is this the third floor?

5

～は～にいます、～がいます
～ wa ～ ni imasu, ～ ga imasu

有人在嗎？表人或動物存在的用法

基本フレーズ 基礎短句

MP3

彼_{かれ}は 家_{いえ}に います。
Kare wa ie ni imasu

他在家。He's at home.

「～は～にいます」、「～がいます」用於表示人或動物等有生命的存在（若有地點或位置，加在に的前面）。

基本パターン 基礎句型

| ～ | は | ＋ | ～ | に | ＋ | います |
| | wa | | | ni | | imasu |

| ～ | に | ＋ | ～ | が | ＋ | います |
| | ni | | | ga | | imasu |

| ～ | が | ＋ | います |
| | ga | | imasu |

基本パターンで言ってみよう！運用基礎句型說說看！

私は 今 会社に います。
Watashi wa ima kaisha ni imasu

我現在在公司。
I'm in the office now.

彼女は その教室に います。
Kanojo wa sono kyoushitsu ni imasu

她在那間教室。
She's in the classroom.

我が家に ネコが います。
Wagaya ni neko ga imasu

我家有貓。
I have a cat in my house.

姉が います。
Ane ga imasu

我有姊姊。
I have an older sister.

好きな人が います。
Sukina hito ga imasu

我有喜歡的人。
There is someone I like.

恋人が います。
Koibito ga imasu

我有交往的對象。
I have a lover.

応用・應用篇
おうよう

否定パターン　否定句型
ひ　てい

～ は + ～ に + いません
wa　　　ni　　　imasen

～ に + ～ は + いません
ni　　　wa　　　imasen

～ は + いません
wa　　　imasen

彼は 家に いません。
かれ　いえ
Kare wa ie ni imasen

他不在家。
He's not at home.

私は 今、会社に いません。
わたし　いま　かいしゃ
Watashi wa ima kaisha ni imasen

我現在不在公司。
I'm not in the office now.

この動物園に パンダは いません。
どう　ぶつ　えん
Kono doubutsuen ni panda wa imasen

這間動物園沒有貓熊。
There are no pandas in this zoo.

きょうだいは いません。
Kyoudai wa imasen

我沒有兄弟姊妹。
I don't have siblings.

恋人は いません。
こい　びと
Koibito wa imasen

我沒有交往的對象。
I don't have a lover.

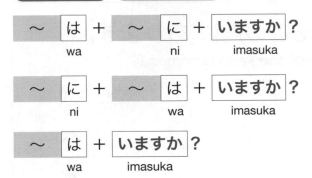

疑問パターン　疑問句型

～ は + ～ に + いますか ？
　　wa　　　　　ni　　　imasuka

～ に + ～ は + いますか ？
　　ni　　　　　wa　　　imasuka

～ は + いますか ？
　　wa　　imasuka

彼は 家に いますか？ Kare wa ie ni imasuka	他在家嗎？ Is he at home?
あなたは 今、会社に いますか？ Anata wa ima kaisha ni imasuka	你現在在公司嗎？ Are you in the office now?
その教室に 彼女は いますか？ Sono kyoushitsu ni kanojo wa imasuka	她在那間教室嗎？ Is she in the classroom?
きょうだいは いますか？ Kyoudai wa imasuka	你有兄弟姊妹嗎？ Do you have siblings?
恋人は いますか？ Koibito wa imasuka	你有交往的對象嗎？ Do you have a lover?

6

～は～にあります、～がありま[す]
～ wa ～ ni arimasu, ～ ga arimasu

有廁所嗎？有超商嗎？問路必備

MP3

銀行は そこの角に あります。
Ginkou wa sokono kado ni arimasu

銀行在那個轉角。There is a bank at the corner.

「～は～にあります」、「～があります」用於表示事物、
建築物等無生命的存在。

基本パターン　基礎句型

～ | は | ＋ | ～ | に | ＋ | あります
wa　　　　　　ni　　arimasu

～ | に | ＋ | ～ | が・は | ＋ | あります
ni　　　　　　ga　wa　　arimasu

～ | が | ＋ | あります
ga　　　arimasu

50

基本パターンで言ってみよう！ 運用基礎句型說說看！

トイレは あそこに あります。 Toire wa asoko ni arimasu	廁所在那裡。 The bathroom is over there.
あそこに バス乗り場が あります。 Asoko ni basunoriba ga arimasu	那裡有公車站。 There is a bus stop over there.
この店に その商品は あります。 Kono mise ni sono shouhin wa arimasu	這家店有那樣商品。 They have that product in this store.
今日、用事が あります。 Kyou youji ga arimasu	我今天有事。 I have an errand to run today.
明日、試験が あります。 Ashita shiken ga arimasu	明天有考試。 There is an exam tomorrow.
（私は）熱が あります。 (Watashi wa) netsu ga arimasu	我發燒了。 I have a fever.

応用・應用篇
おうよう

否定パターン　否定句型
ひ　てい

～	は	+	～	に	+	ありません
	wa			ni		arimasen

～	に	+	～	は	+	ありません
	ni			wa		arimasen

～	は	+	ありません
	wa	arimasen

トイレは この階に ありません。
かい
Toire wa kono kai ni arimasen

這層樓沒有廁所。
There are no bathrooms on this floor.

近くに コンビニは ありません。
ちか
Chikaku ni konbini wa arimasen

附近沒有便利商店。
There is no convenience store nearby.

この店に その商品は ありません。
みせ　　　　しょうひん
Kono mise ni sono shouhin wa arimasen

這家店沒有那樣商品。
They don't have that product in this store.

明日、試験は ありません。
あした　しけん
Ashita shiken wa arimasen

明天沒有考試。
We don't have exams tomorrow.

公園は 駅の近くには ありません。
こう えん　えき　ちか
Kouen wa eki no chikaku niwa arimasen

車站附近沒有公園。
There are no parks near the station.

※這句話表示車站附近沒有公園，但遠一點的地方有。

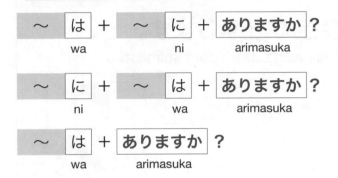

疑問パターン　疑問句型

～ は + ～ に + あ ります か ?
wa　　　　ni　　　arimasuka

～ に + ～ は + あ ります か ?
ni　　　　wa　　　arimasuka

～ は + あ ります か ?
wa　　　arimasuka

トイレは この階に ありますか？ Toire wa kono kai ni arimasuka	這層樓有廁所嗎？ Is there a bathroom on this floor?
近くに コンビニは ありますか？ Chikaku ni konbini wa arimasuka	附近有便利商店嗎？ Is there a convenience store nearby?
駅前に バス乗り場は ありますか？ Ekimae ni basunoriba wa arimasuka	車站前有公車站嗎？ Is there a bus stop in front of the station?
飲み物は ありますか？ Nomimono wa arimasuka	有飲料嗎？ Are there any drinks?
Sサイズは ありますか？ Esu saizu wa arimasuka	有 S 號嗎？ Do you have this in small?
明日、試験は ありますか？ Ashita shiken wa arimasuka	明天有考試嗎？ Will there be an exam tomorrow?

53

7

～します
～ shimasu

表示行為的動詞用法

基本フレーズ 基礎短句

わたし かい しゃ し ごと
私は 会社で 仕事します。
Watashi wa kaisha de shigoto shimasu

我在公司工作。I work at the company.

「**～します**」用於表示主語的行為。

基本パターン 基礎句型

～	は	＋	～	します
	wa			shimasu

基本パターンで言ってみよう！ 運用基礎句型說說看！

私は 毎朝、散歩します。
Watashi wa maiasa sanpo shimasu

我每天早上散步。
I take a walk every morning.

私は 午後、外出します。
Watashi wa gogo gaishutsu shimasu

我下午會外出。
I'll go out in the afternoon.

彼に 電話します。
Kare ni denwa shimasu

（我）打電話給他。
I'll call him.

私は 図書館で 勉強します。
Watashi wa toshokan de benkyou shimasu

我在圖書館念書。
I study in the library.

明日、レポートを 提出します。
Ashita repoto wo teishutsu shimasu

我明天會提交報告。
I'll submit a report tomorrow.

電車が 到着します。
Densha ga touchaku shimasu

電車到站。
The train arrives.

応用 ・ 應用篇
おうよう

否定パターン　否定句型
ひ　てい

~ は + します
wa　　shimasu

↓

~ は + しません
wa　　　shimasen

私は 車を 運転しません。
わたし　くるま　うんてん
Watashi wa kuruma wo unten shimasen

我不開車。
I don't drive.

私は 今日、 買い物しません。
わたし　きょう　か　もの
Watashi wa kyou kaimono shimasen

我今天不買東西。
I don't go shopping today.

彼は お酒を 飲みません。
かれ　さけ　の
Kare wa osake wo nomimasen

他不喝酒。
He doesn't drink alcohol.

バスが 来ません。
き
Basu ga kimasen

公車不來。
The bus doesn't come.

機械が 動きません。
き　かい　うご
Kikai ga ugokimasen

機器不動。
The machine doesn't work.

疑問パターン　疑問句型

〜　は　+　〜　します
wa　　　　　　shimasu

↓

〜　は　+　〜　しますか　？
wa　　　　　　shimasuka

あなたは 車を 運転しますか？
Anata wa kuruma wo unten shimasuka

你開車嗎？
Do you drive?

....

あなたは 今日、買い物しますか？
Anata wa kyou kaimono shimasuka

你今天要買東西嗎？
Do you go shopping today?

....

あなたは 毎日、勉強しますか？
Anata wa mainichi benkyou shimasuka

你每天念書嗎？
Do you study every day?

....

彼は お酒を 飲みますか？
Kare wa osake wo nomimasuka

他喝酒嗎？
Does he drink alcohol?

....

あなたは サッカーを しますか？
Anata wa sakka wo shimasuka

你踢足球嗎？
Do you play soccer?

8

～したいです
～ shitaidesu

「我想見你」要這樣說

私は その映画を 見たいです。
Watashi wa sono eiga wo mitai desu

我想看那部電影。I want to see that movie.

「～したいです」用於表達主語希望做的事。

基本パターン 基礎句型

| ～ | は | ＋ | ～ | したい |

wa　　　　　　　shitai

| ～ | は | ＋ | ～ | したいです |

wa　　　　　　　shitai desu

58

基本パターンで言ってみよう！運用基礎句型說說看！

私は そこへ 行きたい。
Watashi wa soko e ikitai

我想去那裡。
I want to go there.

私は お寿司を 食べたいです。
Watashi wa osushi wo tabetai desu

我想吃壽司。
I want to eat sushi.

私は あなたに 会いたいです。
Watashi wa anata ni aitai desu

我想見你。
I would love to meet you.

私は 日本で 就職したいです。
Watashi wa nihon de shuushoku shitai desu

我想在日本工作。
I want to get a job in Japan.

銀行で お金を おろしたいです。
Ginkou de okane wo oroshitai desu

我想到銀行領錢。
I want to withdraw money at the bank.

大阪へ 荷物を 送りたいです。
Oosaka e nimotsu wo okuritai desu

我想寄行李去大阪。
I want to send my luggage to Osaka.

応用 ・ 應用篇
おうよう

否定パターン　否定句型
ひ てい

～	は	+	～	したい（です）
wa　shitai (desu)

↓

～	は	+	～	したくない（です）
wa　shitakunai (desu)

～	は	+	～	したくありません
wa　shitaku arimasen

私は そこへ 行きたくない。
わたし　　　い
Watashi wa soko e ikitakunai

我不想去那裡。
I don't want to go there.

私は その映画を 見たくない。
わたし　　えい が　　　み
Watashi wa sono eiga wo mitakunai

我不想看那部電影。
I don't want to see that movie.

私は 参加したくないです。
わたし　さん か
Watashi wa sanka shitakunai desu

我不想參加。
I don't want to participate.

私は 彼に 会いたくありません。
わたし　かれ　　あ
Watashi wa kare ni aitaku arimasen

我不想見他。
I don't want to see him.

今日、残業したくありません。
きょう　ざんぎょう
Kyou zangyou shitaku arimasen

今天不想加班。
I don't want to work overtime today.

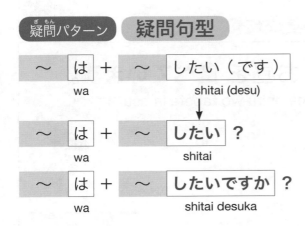

あなたは そこへ 行きたい？ Anata wa soko e ikitai	你想去那裡嗎？ Do you want to go there?
あなたは その映画を 見たい？ Anata wa sono eiga wo mitai	你想看那部電影嗎？ Do you want to see that movie?
あなたは 参加したいですか？ Anata wa sanka shitai desuka	你想參加嗎？ Do you want to participate?
あなたは 彼に 会いたいですか？ Anata wa kare ni aitai desuka	你想見他嗎？ Do you want to see him?
あなたは 日本で 就職したいですか？ Anata wa nihon de shuushoku shitai desuka	你想在日本工作嗎？ Do you want to get a job in Japan?

9

～しています
～ shiteimasu

我正在吃飯，進行中的動詞用法

基本フレーズ 基礎短句

私は 今、お昼を 食べています。

Watashi wa ima ohiru wo tabete imasu

我現在正在吃午餐。I'm having lunch now.

「～しています」用於表示現在進行中的事。

基本パターン 基礎句型

～ は ＋ ～ している
wa shiteiru

～ は ＋ ～ しています
wa shiteimasu

基本パターンで言ってみよう！運用基礎句型說說看！

私は テレビを 見ています。
Watashi wa terebi wo mite imasu

我正在看電視。
I'm watching TV.

· ·

彼は 電話しています。
Kare wa denwashite imasu

他正在講電話。
He's on the phone.

· ·

彼女は 料理しています。
Kanojo wa ryourishite imasu

她正在做飯。
She's cooking.

· ·

雨が 降っています。
Ame ga futte Imasu

正在下雨。
It's ralnlng.

· ·

私は そちらに 向かっています。
Watashi wa sochira ni mukatte imasu

我正往那裡去。
I'm heading there.

· ·

子供たちが 外で 遊んでいます。
Kodomotachi ga soto de asonde imasu

孩子們正在外面玩。
Children are playing outside.

応用おうよう・應用篇

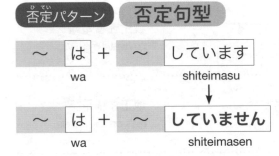

否定パターン　否定句型

～	は +	～	しています

wa　　　　　shiteimasu

↓

～	は +	～	していません

wa　　　　　shiteimasen

私わたしは テレビを 見みていません。
Watashi wa terebi wo mite imasen

我沒在看電視。
I'm not watching TV.

彼かれは 電話でんわしていません。
Kare wa denwa shite imasen

他沒在講電話。
He isn't on the phone.

彼女かのじょは 料理りょうりしていません。
Kanojo wa ryouri shite imasen

她沒在做飯。
She isn't cooking.

雨あめは 降ふっていません。
Ame wa futte imasen

沒在下雨。
It isn't raining.

機械きかいは 今いま、動うごいていません。
Kikai wa ima ugoite imasen

機器現在沒在運作。
The machine isn't working now.

疑問パターン　疑問句型

~ は + ~ しています
wa　　　　　　shiteimasu

~ は + ~ していますか ？
wa　　　　　　shiteimasuka

彼は 音楽を 聞いていますか？
Kare wa ongaku wo kiite imasuka

他正在聽音樂嗎？
Is he listening to music?

彼は 電話していますか？
Kare wa denwashite imasuka

他正在講電話嗎？
Is he on the phone?

彼女は 料理していますか？
Kanojo wa ryourishite imasuka

她正在做飯嗎？
Is she cooking?

雨は 降っていますか？
Ame wa futte imasuka

雨正在下嗎？
Is it raining?

機械は 今、動いていますか？
Kikai wa ima ugoite imasuka

機器現在正在運作嗎？
Is the machine working now?

基本フレーズ　基礎短句

MP3

私は 工場で 働いています。

Watashi wa koujou de hataraite imasu

我在工廠上班。I work in a factory.

「〜しています」用於表示狀態持續或進行中。

基本パターン　基礎句型

〜	は

wa

+

〜	している

shiteiru

〜	は

wa

+

〜	しています

shiteimasu

基本パターンで言ってみよう！**運用基礎句型說說看！**

彼は 大阪に 住んでいます。
Kare wa oosaka ni sunde imasu

他住在大阪。
He lives in Osaka.

兄は 中国へ 行っています。
Ani wa chuugoku e itte imasu

我哥哥去了中國。
My brother has gone to China.

私は 彼を 覚えています。
Watashi wa kare wo oboete imasu

我記得他。
I remember him.

私は 彼女を 知っています。
Watashi wa kanojo wo shitte imasu

我知道她。
I know her.

私は 彼女を 愛しています。
Watashi wa kanojo wo aishite imasu

我愛她。
I love her.

リンさんは 入院しています。
Rinsan wa nyuuinshite imasu

林先生正在住院。
Mr. Lin is in the hospital.

応用・應用篇
おうよう

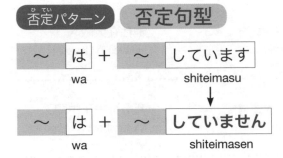

否定パターン	否定句型

〜 は ＋ 〜 しています
wa　　　　　　shiteimasu

↓

〜 は ＋ 〜 していません
wa　　　　　　shiteimasen

私は 工場で 働いていません。
Watashi wa koujou de hataraite imasen

我不在工廠上班。
I don't work in a factory.

彼は 大阪に 住んでいません。
Kare wa oosaka ni sunde imasen

他不住在大阪。
He doesn't live in Osaka.

私は 彼を 覚えていません。
Watashi wa kare wo oboete imasen

我不記得他。
I don't remember him.

私は 彼女を 愛していません。
Watashi wa kanojo wo aishite imasen

我不愛她。
I don't love her.

リンさんは 入院していません。
Rinsan wa nyuuinshite imasen

林先生沒有住院。
Mr. Lin isn't in the hospital.

疑問パターン　疑問句型

~ は + ~ しています
wa　　　shiteimasu

↓

~ は + ~ していますか ?
wa　　　shiteimasuka

あなたは 工場で 働いていますか？
Anata wa koujou de hataraite imasuka

你在工廠上班嗎？
Do you work in a factory?

彼は 大阪に 住んでいますか？
Kare wa oosaka ni sunde imasuka

他住在大阪嗎？
Does he live in Osaka?

あなたは 彼を 覚えていますか？
Anata wa kare wo oboete imasuka

你記得他嗎？
Do you remember him?

あなたは 彼女を 愛していますか？
Anata wa kanojo wo aishite imasuka

你愛她嗎？
Do you love her?

リンさんは 入院していますか？
Rinsan wa nyuuinshite imasuka

林先生正在住院嗎？
Is Mr. Lin in the hospital?

11

～しました
～ shimashita

過去的行為，用過去式

MP3

基本フレーズ（きほん）　基礎短句

私（わたし）は 昨日（きのう） テニスを しました。
Watashi wa kinou tenisu wo shimashita

我昨天打了網球。I played tennis yesterday.

「～しました」用於表示主語過去的行為。

基本パターン（きほん）　基礎句型

～ は ＋ ～ しました
　　 wa 　　　　　 shimashita

基本パターンで言ってみよう！ 運用基礎句型説説看！

昨夜、彼女に 電話しました。
Sakuya kanojo ni denwa shimashita

我昨晚打電話給她。
I called her last night.

昨日、友達に 会いました。
Kinou tomodachi ni aimashita

我昨天與朋友見面。
I met a friend yesterday.

去年、彼は 結婚しました。
Kyonen kare wa kekkon shimashita

他去年結婚了。
He got married last year.

先週、彼は 旅行に 行きました。
Senshuu kare wa ryokou ni ikimashita

他上週去旅行。
He went on a trip last week.

先月、その本を 買いました。
Sengetsu sono hon wo kaimashita

我上個月買了那本書。
I bought that book last month.

先月、その本を 読みました。
Sengetsu sono hon wo yomimashita

我上個月讀了那本書。
I read that book last month.

応用・應用篇
おうよう

否定パターン　否定句型
ひ　てい

～ は ＋ ～ しました
wa　　　　shimashita

↓

～ は ＋ ～ しませんでした
wa　　　　shimasen deshita

私は 昨日、テニスを しませんでした。 わたし　きのう Watashi wa kinou tenisu wo shimasen deshita	我昨天沒有打網球。 I didn't play tennis yesterday.
昨夜、彼女に 電話しませんでした。 さくや　かのじょ　でんわ Sakuya kanojo ni denwa shimasen deshita	我昨晚沒打電話給她。 I didn't call her last night.
昨夜、雨は 降りませんでした。 さくや　あめ　ふ Sakuya ame wa furimasen deshita	昨晚沒下雨。 It didn't rain last night.
昨日、田中先生は 来ませんでした。 きのう　たなかせんせい　き Kinou tanaka sensei wa kimasen deshita	昨天田中老師沒來。 Mr. Tanaka didn't come yesterday.
昨日、荷物は 届きませんでした。 きのう　にもつ　とど Kinou nimotsu wa todokimasen deshita	行李昨天沒有送達。 The luggage didn't arrive yesterday.

疑問パターン　疑問句型

~ | は | + | ~ | しました
wa　　　　　　shimashita

↓

~ | は | + | ~ | しましたか | ？
wa　　　　　　shimashitaka

あなたは 昨日、テニスを しましたか？
Anata wa kinou tenisu wo shimashitaka

你昨天有打網球嗎？

Did you play tennis yesterday?

昨夜、彼女に 電話しましたか？
Sakuya kanojo ni denwa shimashitaka

你昨晚有打電話給她嗎？

Did you call her last night?

昨夜、雨は 降りましたか？
Sakuya ame wa furimashitaka

昨晚有下雨嗎？

Did it rain last night?

昨日、田中先生は 来ましたか？
Kinou tanaka sensei wa kimashitaka

昨天，田中老師有來嗎？

Did Mr. Tanaka come yesterday?

昨日、荷物は 届きましたか？
Kinou nimotsu wa todokimashitaka

昨天行李有送達嗎？

Did the luggage arrive yesterday?

12

もう～しました
mou ～ shimashita

過去式加上もう，表示已經完成的事

基礎フレーズ 基礎短句

私は この本を もう 読みました。
Watashi wa kono hon wo mou yomimashita

我已經讀了這本書。I've already read this book.

「もう～しました」用於表示主語已經完成某項行為。

基本パターン 基礎句型

～ は + もう + ～ しました
wa mou shimashita

基本パターンで言ってみよう！運用基礎句型說說看！

バスは もう 出発しました。 Basu wa mou shuppatsu shimashita	公車已經出發了。 The bus has already departed.
彼女は もう 帰りました。 Kanojo wa mou kaerimashita	她已經回家了。 She has already gone home.
授業は もう 終わりました。 Jugyou wa mou owarimashita	課已經結束了。 The class has already ended.
私は 薬を もう 飲みました。 Watashi wa kusuri wo mou nomimashita	我已經吃了藥。 I have already taken the medicine.
私は お昼を もう 食べました。 Watashi wa ohiru wo mou tabemashita	我已經吃了午餐。 I have already had lunch.
お店を もう 予約しました。 Omise wo mou yoyaku shimashita	我已經預約好店家。 I have already booked the shop.

応用・應用篇
おうよう

否定パターン　否定句型
ひ　てい

~ は + もう + ~ しました
wa　　mou　　　　shimashita

~ は + まだ + ~ していません
wa　　mada　　　　shiteimasen

私は この本を まだ 読んでいません。
わたし　　ほん　　　　よ
Watashi wa kono hon wo mada yonde imasen

我還沒讀這本書。
I haven't read this book yet.

バスは まだ 出発していません。
しゅっ ぱつ
Basu wa mada shuppatsushite imasen

公車還沒出發。
The bus hasn't departed yet.

彼女は まだ 帰っていません。
かの じょ　　　　かえ
Kanojo wa mada kaette imasen

她還沒回家。
She hasn't gone home yet.

授業は まだ 終わっていません。
じゅ ぎょう　　　　お
Jugyou wa mada owatte imasen

課還沒結束。
The class hasn't ended yet.

私は お昼を まだ 食べていません。
わたし　　ひる　　　　た
Watashi wa ohiru wo mada tabete imasen

我還沒吃午餐。
I haven't had lunch yet.

お店を まだ 予約していません。
みせ　　　　よ やく
Omise wo mada yoyaku shite imasen

我還沒預約店家。
I haven't booked the shop yet.

疑問パターン　疑問句型

~ は + もう + ~ しました
wa　　mou　　　　shimashita

↓

~ は + もう + ~ しましたか ？
wa　　mou　　　　shimashitaka

あなたは この本を もう 読みましたか？
Anata wa kono hon wo mou yomimashitaka

你已讀過這本書了嗎？
Have you already read this book?

バスは もう 出発しましたか？
Basu wa mou shuppatsu shimashitaka

公車出發了嗎？
Has the bus already left?

彼女は もう 帰りましたか？
Kanojo wa mou kaerimashitaka

她已經回家了嗎？
Has she already gone home?

授業は もう 終わりましたか？
Jugyou wa mou owarimashitaka

課已經結束了嗎？
Has the class already ended?

あなたは お昼を もう 食べましたか？
Anata wa ohiru wo mou tabemashitaka

你已經吃過午餐了嗎？
Have you already had lunch?

お店を もう 予約しましたか？
Omise wo mou yoyaku shimashitaka

你已經預約店家了嗎？
Have you already booked the shop?

13

〜したことがあります
〜 shitakoto ga arimasu

你去過京都嗎？過往經驗怎麼說

きほん
基本フレーズ 　基礎短句

わたし　　　きょう と　　　　　　 い
私は 京都に 行ったことがあります。
Watashi wa kyouto ni ittakoto ga arimasu

我曾經去過京都。I've been to Kyoto.

「〜したことがあります」用於表示主語以前有過的經驗。

きほん
基本パターン　　基礎句型

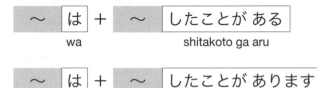

〜　は　＋　〜　したことが ある
　　wa　　　　　　　shitakoto ga aru

〜　は　＋　〜　したことが あります
　　wa　　　　　　　shitakoto ga arimasu

基本パターンで言ってみよう！運用基礎句型說說看！

私は 彼に 会ったことが あります。
Watashi wa kare ni attakoto ga arimasu

我曾經見過他。
I've met him.

私は その映画を 見たことが あります。
Watashi wa sono eiga wo mitakoto ga arimasu

我看過那部電影。
I've seen the movie.

私は 刺し身を 食べたことが あります。
Watashi wa sashimi wo tabetakoto ga arimasu

我曾吃過生魚片。
I've tried sashimi.

私は 温泉に 入ったことが あります。
Watashi wa onsen ni haittakoto ga arimasu

我曾經泡過溫泉。
I have been to hot springs.

彼の 名前を 聞いたことが あります。
Kare no namae wo kiitakoto ga arimasu

我聽過他的名字。
I've heard his name.

そこへ 3回 行ったことが あります。
Soko e san kai ittakoto ga arimasu

我去過那裡三次。
I've been there three times.

応用・應用篇

おうよう

否定パターン ひてい 否定句型

〜 は + 〜 したことが あります
wa   shitakoto ga arimasu

↓

〜 は + 〜 したことが ありません
wa   shitakoto ga arimasen

私は 京都に 行ったことが ありません。
わたし きょう と い
Watashi wa kyouto ni ittakoto ga arimasen

我沒去過京都。
I have never been to Kyoto.

私は 彼に 会ったことが ありません。
わたし かれ あ
Watashi wa kare ni attakoto ga arimasen

我不曾見過他。
I have never met him.

その映画を 見たことが ありません。
えいが み
Sono eiga wo mitakoto ga arimasen

我沒看過那部電影。
I've never seen that movie.

その曲を 聞いたことが ありません。
きょく き
Sono kyoku wo kiitakoto ga arimasen

我沒聽過那首曲子。
I've never heard that song.

納豆を 食べたことが ありません。
なっ とう た
Nattou wo tabetakoto ga arimasen

我沒吃過納豆。
I have never tried natto.

温泉に 入ったことが ありません。
おん せん はい
Onsen ni haittakoto ga arimasen

我從未泡過溫泉。
I have never been to a hot spring.

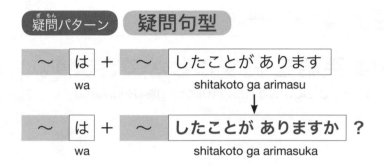

疑問パターン　疑問句型

～	は	＋	～	したことが あります

wa　　　　　　　　shitakoto ga arimasu

↓

～	は	＋	～	したことが ありますか	？

wa　　　　　　　　shitakoto ga arimasuka

京都に 行ったことが ありますか？
Kyouto ni ittakoto ga arimasuka

你去過京都嗎？
Have you ever been to Kyoto?

....

彼に 会ったことが ありますか？
Kare ni attakoto ga arimasuka

你見過他嗎？
Have you ever met him?

....

その映画を 見たことが ありますか？
Sono eiga wo mitakoto ga arimasuka

你看過那部電影嗎？
Have you seen that movie?

....

その曲を 聞いたことが ありますか？
Sono kyoku wo kiitakoto ga arimasuka

你聽過那首曲子嗎？
Have you ever heard that song?

....

お寿司を 食べたことが ありますか？
Osushi wo tabetakoto ga arimasuka

你吃過壽司嗎？
Have you ever tried sushi?

....

温泉に 入ったことが ありますか？
Onsen ni haittakoto ga arimasuka

你曾泡過溫泉嗎？
Have you ever been to a hot spring?

81

14

〜（することが）できます
〜 (surukoto ga) dekimasu

怎麼問店員：「你會說中文嗎？」

基本フレーズ　基礎短句

わたし えい ご はな
私は 英語を 話すことができます。
Watashi wa eigo wo hanasukoto ga dekimasu

我會講英語。I can speak English.

　　「〜（することが）できます」用於表示能力，或是可以做到的事。

基本パターン　基礎句型

〜 | は | ＋ | 〜 | できます
wa | | | | dekimasu

〜 | は | ＋ | 〜 | することが できます
wa | | | | surukoto ga dekimasu

基本パターンで言ってみよう！運用基礎句型說說看！

姉は 車を 運転できます。
Ane wa kuruma wo unten dekimasu

我姊姊會開車。
My sister can drive.

・・・

彼女は 泳ぐことが できます。
Kanojo wa oyogukoto ga dekimasu

她會游泳。
She can swim.

・・・

今日、私は 残業できます。
Kyou watashi wa zangyou dekimasu

我今天可以加班。
I can work overtime today.

・・・

彼は 日本語を 話すことが できます。
Kare wa nihongo wo hanasukoto ga dekimasu

他會說日語。
He can speak Japanese.

・・・

私は 漢字を 読むことが できます。
Watashi wa kanji wo yomukoto ga dekimasu

我會讀漢字。
I can read kanji.

・・・

彼は 平仮名を 書くことが できます。
Kare wa hiragana wo kakukoto ga dekimasu

他會寫平假名。
He can write hiragana.

応用・應用篇
おうよう

否定パターン **否定句型**
ひ　てい

~ | は | + | ~ | （することが）できます
wa　　　　　　　(surukoto ga) dekimasu

↓

~ | は | + | ~ | （することが）できません
wa　　　　　　　(surukoto ga) dekimasen

姉は 車を 運転できません。
あね　くるま　うんてん
Ane wa kuruma wo unten dekimasen

我姊姊不會開車。
My sister can't drive.

今日、私は 残業できません。
きょう　わたし　ざんぎょう
Kyou watashi wa zangyou dekimasen

我今天無法加班。
I can't work overtime today.

彼は 日本語を 話すことが できません。
かれ　にほんご　はな
Kare wa nihongo wo hanasukoto ga dekimasen

他不會說日語。
He can't speak Japanese.

私は 漢字を 読むことが できません。
わたし　かんじ　よ
Watashi wa kanji wo yomukoto ga dekimasen

我不會讀漢字。
I can't read kanji.

彼は 平仮名を 書くことが できません。
かれ　ひらがな　か
Kare wa hiragana wo kakukoto ga dekimasen

他不會寫平假名。
He can't write hiragana.

疑問パターン　疑問句型

~ は + ~ （することが）できます
wa　　　　　(surukoto ga) dekimasu
↓
~ は + ~ **（することが）できますか** ？
wa　　　　　(surukoto ga) dekimasuka

彼女は 車を 運転できますか？
Kanojo wa kuruma wo unten dekimasuka

她會開車嗎？
Can she drive?

今日、あなたは 残業できますか？
Kyou anata wa zangyou dekimasuka

你今天能加班嗎？
Can you work
overtime today?

彼は 日本語を 話すことが できますか？
Kare wa nihongo wo hanasukoto ga dekimasuka

他會說日語嗎？
Can he speak
Japanese?

あなたは 漢字を 読むことが できますか？
Anata wa kanji wo yomukoto ga dekimasuka

你會讀漢字嗎？
Can you read kanji?

彼は 平仮名を 書くことが できますか？
Kare wa hiragana wo kakukoto ga dekimasuka

他會寫平假名嗎？
Can he write
hiragana?

15

～してもいいです
～ shitemo iidesu

可以刷卡嗎？可以試穿嗎？購物實用句

基本フレーズ　基礎短句

MP3

これを 使ってもいいです。
Kore wo tsukattemo iidesu

你可以用這個。You may use this.

　　「～してもいいです」、「～してもよいです」用於表示許可某項行為。

基本パターン　基礎句型

| （…で） | ＋ | ～ | してもいいです |
| de | | | shitemo iidesu |

| （…で） | ＋ | ～ | してもよいです |
| de | | | shitemo yoidesu |

基本パターンで言ってみよう！運用基礎句型說說看！

これを 見てもいいです。
Kore wo mitemo iidesu

可以看這個。
You may look at this.

ここで 食べてもいいです。
Koko de tabetemo iidesu

可以在這裡吃。
You may eat here.

ここで 休憩してもいいです。
Koko de kyuukei shitemo iidesu

可以在這裡休息。
You may take a break here.

ここで 写真を 撮ってもいいです。
Koko de shashin wo tottemo iidesu

可以在這裡拍照。
You may take pictures here.

ここに 車を 停めてもいいです。
Koko ni kuruma wo tometemo iidesu

可以把車停在這裡。
You may park your car here.

今日、早く 帰ってもいいです。
Kyou hayaku kaettemo iidesu

今天可以早點回家。
You may leave early today.

応用おうよう・應用篇

否定パターンひてい　否定句型

（…で）＋　～　してもいいです
de　　　　　shitemo iidesu

（…で）＋　～　しては いけません
de　　　　　shitewa ikemasen

これを 使ってつかっては いけません。
Kore wo tsukattewa ikemasen
這個不可以使用。
You must not use this.

....

そこへ 行っていっては いけません。
Soko e ittewa ikemasen
不可以去那裡。
You must not go there.

....

ここに 入ってはいって は いけません。
Koko ni haittewa ikemasen
這裡不可以進入。
You must not come in here.

....

ここで 話してはなしては いけません。
Koko de hanashitewa ikemasen
這裡不可以說話。
You must not talk here.

....

ここで 食べてたべては いけません。
Koko de tabetewa ikemasen
這裡不可以吃東西。
You must not eat here.

....

ここで お酒さけを 飲んでのんでは いけません。
Koko de osake wo nondewa ikemasen
這裡不可以喝酒。
You must not drink alcohol here.

疑問パターン　疑問句型

（…で） ＋ 〜 してもいいです
de　　　　　　 shitemo iidesu

↓

（…で） ＋ 〜 してもいいですか ？
de　　　　　　 shitemo iidesuka

カードで 払ってもいいですか？
Kado de harattemo iidesuka

可以刷卡嗎？
Can I pay by card?

これを 試着してもいいですか？
Kore wo shichaku shitemo iidesuka

這可以試穿嗎？
Can I try this on?

これを 使ってもいいですか？
Kore wo tsukattomo iidesuka

可以用這個嗎？
Can I use this?

そこへ 行ってもいいですか？
Soko e ittemo iidesuka

可以去那裡嗎？
Can I go there?

ここで写真を 撮ってもいいですか？
Koko de shashin wo tottemo iidesuka

這裡可以拍照嗎？
Can I take pictures here?

今日、早く 帰ってもいいですか？
Kyou hayaku kaettemo iidesuka

今天可以早點回家嗎？
Can I leave early today?

16 ～は何ですか？
～ wa nan desuka

不知道的東西，就用這個句型問

基本フレーズ　基礎短句

これは 何ですか？
Kore wa nan desuka

這是什麼？What is this?

「**～は何ですか？**」可用於詢問物品名稱（具體物件），或是對方的興趣、夢想（抽象概念）等。

基本パターン　基礎句型

～ は ＋ 何 ？
　wa　　nani

～ は ＋ 何ですか ？
　wa　　nan desuka

基本パターンで言ってみよう！運用基礎句型說說看！

あなたの 趣味は 何ですか？
Anata no shumi wa nan desuka

你的興趣是什麼？
What is your hobby?

あなたの 夢は 何ですか？
Anata no yume wa nan desuka

你的夢想是什麼？
What is your dream?

あの 建物は 何ですか？
Ano tatemono wa nan desuka

那棟建築物是什麼？
What is that building?

今日の ランチは 何ですか？
Kyou no ranchi wa nan desuka

今天的午餐是什麼？
What is tor lunch today?

あなたの 好きな食べ物は 何ですか？
Anata no sukina tabemono wa nan desuka

你愛吃什麼食物？
What is your favorite food?

<何の>
これは 何の 肉ですか？
Kore wa nan no niku desuka

這是什麼肉？
What meat is this?

※當「何」後面接名詞時，要加上の，意思是「什麼的〜」。

応用・應用篇

おうよう

応用パターン① 　應用句型①

| 何 | を | 〜 | しますか | ？ |

Nani　wo　　　　　shimasuka

| 何 | を | 〜 | していますか | ？ |

Nani　wo　　　　　shiteimasuka

| 何 | を | 〜 | したいですか | ？ |

Nani　wo　　　　　shitaidesuka

休日に 何を しますか？
Kyuujitsu ni nani wo shimasuka

你放假要做什麼？
What do you do on holidays?

今、何を 見ていますか？
Ima nani wo miteimasuka

你現在在看什麼？
What are you looking at now?

お昼に 何を 食べたいですか？
Ohiru ni nani wo tabetaidesuka

午餐想吃什麼？
What would you like to eat for lunch?

お店で 何を 買いたいですか？
Omise de nani wo kaitaidesuka

你想在店裡買什麼？
What would you like to buy at the store?

おう よう
応用パターン②　　應用句型②

～　は　＋　何でしたか　？
　　　wa　　　　nan deshitaka

なに
何　を　～　しましたか　？
Nani　wo　　　　shimashitaka

なに
何　を　～　していましたか　？
Nani　wo　　　　　shiteimashitaka

せん こう　なん
あなたの 専攻は 何でしたか？
Anata no senkou wa nan deshitaka

你專攻什麼？／你的
主修是什麼？
What was your major?

・・

きのう　なに
昨日、何を しましたか？
Kinou nani wo shimashitaka

你昨天做了什麼？
What did you do
yesterday?

・・

きのう　なに　べん きょう
昨日、何を 勉強しましたか？
Kinou nani wo benkyoushimashitaka

你昨天學了什麼？
What did you study
yesterday?

・・

かれ　なに　よ
彼は 何を 読んでいましたか？
Kare wa nani wo yondeimashitaka

他讀了什麼？
What was he reading?

～は誰ですか？
～ wa dare desuka

那個人是誰？

MP3

彼女は 誰ですか？
Kanojo wa dare desuka

她是誰？Who is she?

「～は誰ですか？」用於詢問人名，或是不清楚是誰而提出疑問的情況。

基本パターン　基礎句型

～ は ＋ 誰 ？
　　wa　　dare

～ は ＋ 誰ですか ？
　　wa　　dare desuka

基本パターンで言ってみよう！ 運用基礎句型說說看！

あの人は 誰ですか？
Ano hito wa dare desuka

那個人是誰？
Who is that person?

好きな 歌手は 誰ですか？
Sukina kashu wa dare desuka

你喜歡的歌手是誰？
Who is your favorite singer?

日本語の 先生は 誰ですか？
Nihongo no sensei wa dare desuka

日語老師是誰？
Who is the Japanese teacher?

今日の 当番は 誰ですか？
Kyou no touban wa dare desuka

今天的值日生／值班人員是誰？
Who's on duty today?

ここの 責任者は 誰ですか？
Koko no sekininsha wa dare desuka

這裡的負責人是誰？
Who is responsible here?

＜誰の＞
これは 誰のかばん ですか？
Kore wa dare no kaban desuka

這是誰的包包？
Whose bag is this?

応用・應用篇

応用パターン① | 應用句型①

誰が ～ しますか ？
Dare ga shimasuka

誰が ～ していますか ？
Dare ga shiteimasuka

誰に ～ したいですか ？
Dare ni shitaidesuka

誰が そこへ 行きますか？
Dare ga soko e ikimasuka

誰要去那裡？
Who is going there?

誰が 歌っていますか？
Dare ga utatte imasuka

誰在唱歌？
Who's singing?

あなたは 誰に 会いたいですか？
Anata wa dare ni aitaidesuka

你想見誰？
Who would you like to meet?

あなたは 誰に 聞きたいですか？
Anata wa dare ni kikitaidesuka

你想問誰？
Who would you like to ask?

応用パターン②　應用句型 ②

| 誰 | が | ～ | しましたか | ？ |
Dare ga　　shimashitaka

| 誰 | が | ～ | していましたか | ？ |
Dare ga　　shiteimashitaka

| 誰 | に | ～ | しましたか | ？ |
Dare ni　　shimashitaka

誰が ここへ 来ましたか？
Dare ga koko e kimashitaka

誰來過這裡？
Who came here?

....

誰が 運転していましたか？
Dare ga untenshite imashitaka

是誰開的車？
Who was driving the car?

....

誰が 写真を 撮っていましたか？
Dare ga shashin wo totte imashitaka

是誰拍的照？
Who was taking pictures?

....

昨日、誰に 会いましたか？
Kinou dare ni aimashitaka

昨天見了誰？
Who did you meet yesterday?

基本フレーズ　基礎短句

誕生日は いつですか？
Tanjoubi wa itsu desuka

你的生日是什麼時候？When is your birthday?

「**～はいつですか？**」是用於詢問活動、事件等的時間或日期的句型。

基本パターン　基礎句型

～ は ＋ いつ ？
　　wa　　　itsu

～ は ＋ いつですか ？
　　wa　　　itsu desuka

基本パターンで言ってみよう！運用基礎句型說說看！

休みは いつですか？
Yasumi wa itsu desuka

什麼時候休假？
When are you on vacation?

試験は いつですか？
Shiken wa itsu desuka

什麼時候考試？
When is the exam?

面接は いつですか？
Mensetsu wa itsu desuka

什麼時候面試？
When is the interview?

給料日は いつですか？
Kyuuryoubi wa itsu desuka

什麼時候發薪水？
When is payday?

彼の 結婚式は いつですか？
Kare no kekkonshiki wa itsu desuka

他的婚禮是什麼時候？
When is his wedding ceremony?

引っ越しは いつですか？
Hikkoshi wa itsu desuka

什麼時候搬家？
When are you moving?

応用・應用篇
おうよう

応用パターン① 應用句型 ①

| いつ | ～ | しますか | ？ |

Itsu　　　　　shimasuka

| いつ | ～ | したいですか | ？ |

Itsu　　　　　shitaidesuka

| いつ | ～ | しましょうか | ？ |

Itsu　　　　　shimashouka

いつ 引っ越ししますか？
Itsu hikkoshishimasuka

什麼時候搬家？
When will you move?

いつ 帰国しますか？
Itsu kikokushimasuka

什麼時候回國？
When will you return to your country?

冬休みは いつ 始まりますか？
Fuyuyasumi wa itsu hajimarimasuka

寒假什麼時候開始？
When does winter vacation start?

いつ 大阪へ 行きたいですか？
Itsu oosaka e ikitaidesuka

你想要什麼時候去大阪？
When do you want to go to Osaka?

いつ 会いましょうか？
Itsu aimashouka

什麼時候見個面吧？
When will we meet?

応用パターン② 應用句型②

～ は + いつでしたか ？
　　wa　　itsu deshitaka

いつ ～ しましたか ？
Itsu　　　shimashitaka

試験は いつでしたか？
Shiken wa itsu deshitaka

什麼時候考試的？
When was the exam?

....

面接は いつでしたか？
Mensetsu wa itsu deshitaka

什麼時候面試的？
When was the interview?

....

いつ 日本へ 来ましたか？
Itsu nihon e kimashitaka

你什麼時候來日本的？
When did you come to Japan?

....

いつ 彼女に 会いましたか？
Itsu kanojo ni aimashitaka

你什麼時候跟她見過面？
When did you meet her?

....

京都へ いつ 行きましたか？
Kyouto e itsu ikimashitaka

你什麼時候去京都的？
When did you go to Kyoto?

19

〜はどこですか？
〜 wa doko desuka

問路必學，○○在哪裡？

基本フレーズ　基礎短句

MP3

駅は どこですか？
Eki wa doko desuka

車站在哪裡？Where is the station?

「**〜はどこですか？**」用於詢問自己想去的場所（如景點、店家、車站、廁所等）。

基本パターン　基礎句型

〜	は	+	どこ	？
	wa		doko	

〜	は	+	どこですか	？
	wa		doko desuka	

基本パターンで言ってみよう！ 運用基礎句型說說看！

市役所は どこですか？
Shiyakusho wa doko desuka

市政府在哪裡？
Where is the City Hall?

交番は どこですか？
Kouban wa doko desuka

派出所在哪裡？
Where is the police station?

トイレは どこですか？
Toire wa doko desuka

廁所在哪裡？
Where is the bathroom?

食品売り場は どこですか？
Shokuhin uriba wa doko desuka

食品賣場在哪裡？
Where is the food section?

A教室は どこですか？
A kyoushitsu wa doko desuka

A教室在哪裡？
Where is classroom A?

私の 席は どこですか？
Watashi no seki wa doko desuka

我的座位在哪裡？
Where is my seat?

応用・應用篇
おうよう

應用パターン① 應用句型①
おう よう

～ は + どこ に いますか / ありますか ?
　　wa　　doko　ni　imasuka　　arimasuka

どこ で ～ しますか / しましょうか / したいですか ?
Doko　de　　shimasuka　shimashouka　　shitaidesuka

どこ へ ～ しますか / しましょうか / したいですか ?
Doko　e　　shimasuka　shimashouka　　shitaidesuka

あなたは 今 どこにいますか?
いま
Anata wa ima doko ni imasuka

你現在在哪裡?
Where are you now?

書類は どこにありますか?
しょ るい
Shorui wa doko ni arimasuka

文件在哪裡?
Where can I find the documents?

どこで 会いましょうか?
あ
Doko de aimashouka

找個地方見面吧?
Where shall we meet?

どこへ 行きたいですか?
い
Doko e ikitai desuka

你想去哪裡?
Where do you want to go?

どこへ 荷物を 置きましょうか?
に もつ　　お
Doko e nimotsu wo okimashouka

找個地方放行李吧?
Where should we put our luggage?

応用パターン② 應用句型②

～ は ＋ どこ に いましたか ／ ありましたか ？
　　wa　　　doko　ni　imashitaka　　　arimashitaka

どこ で ～ しましたか ？
Doko　de　　　shimashitaka

どこ へ ～ しましたか ？
Doko　e　　　shimashitaka

彼は どこに いましたか？ Kare wa doko ni imashitaka	他在哪裡？ Where was he?
辞書は どこに ありましたか？ Jisho wa doko ni arimashitaka	字典放在哪裡？ Where was the dictionary?
どこで 彼女を 見ましたか？ Doko de kanojo wo mimashitaka	你在哪裡看到她？ Where did you see her?
昨日 どこへ 行きましたか？ Kinou doko e ikimashitaka	昨天去了哪裡？ Where did you go yesterday?
車を どこへ 停めましたか？ Kuruma wo doko e tomemashitaka	車子停在哪裡？ Where did you park your car?

20 どうして／なぜ
Doushite／Naze

為什麼？有兩種講法

MP3

基本フレーズ　基礎短句

どうして そう思うの？
Doushite sou omouno

你為什麼那樣想？Why do you think so?

「どうして～？」、「なぜ～？」用於詢問理由和原因。

基本パターン　基礎句型

どうして	～	するの（ですか）	？
Doushite		suruno (desuka)	

なぜ	～	するの（ですか）	？
Naze		suruno (desuka)	

基本パターンで言ってみよう！ 運用基礎句型說說看！

どうして そこへ行くの？
Doushite soko e ikuno

你為什麼要去那裡？
Why are you going there?

どうして それを 知りたいの？
Doushite sore wo shiritaino

你為什麼想知道那個？
Why do you want to know that?

どうして 給料が 少ないの？
Doushite kyuuryou ga sukunaino

為什麼薪水這麼少？
Why is my salary so low?

なぜ 彼は 今日 休みなの？
Naze kare wa kyou yasumi nano

他為什麼今天休息？
Why is he off today?

なぜ A社で 働きたいの？
Naze A sha de hatarakitaino

為什麼想在 A 公司工作？
Why do you want to work for company A?

なぜ 仕事を 辞めたいの？
Naze shigoto wo yametaino

為什麼想辭職？
Why do you want to quit your job?

応用・應用篇

おうよう

応用パターン① 應用句型 ①

どうして	～	しないの（ですか）	？
Doushite　　　　　　　　shinai no(desuka)

なぜ	～	しないの（ですか）	？
Naze　　　　　　　shinai no(desuka)

どうして 会社に 行かないの？
Doushite kaisha ni ikanaino

為什麼不去上班？
Why aren't you going to work?

どうして 彼女は 来ないの？
Doushite kanojo wa konaino

為什麼她不來？
Why hasn't she come?

どうして 電車が まだ 来ないの？
Doushite densha ga mada konaino

為什麼電車還不來？
Why hasn't the train come yet?

なぜ 彼女に 会わないの？
Naze kanojo ni awanaino

為什麼不跟她見面？
Why aren't you meeting her?

なぜ 学校へ 行かないの？
Naze gakkou e ikanaino

為什麼不去上學？
Why aren't you going to school?

応用パターン② 應用句型②

| どうして | ～ | したの（ですか） | ？ |

Doushite　　　　　　shitano (desuka)

| なぜ | ～ | したの（ですか） | ？ |

Naze　　shitano (desuka)

| どうして | ～ | しなかったの（ですか） | ？ |

Doushite　　　　　　shinakattano (desuka)

| なぜ | ～ | しなかったの（ですか） | ？ |

Naze　　shinakattano (desuka)

どうして それを 買ったのですか？
Doushite sore wo kattano desuka

為什麼買了那個？
Why did you buy that?

どうして 日本へ 来たのですか？
Doushite nihon e kitano desuka

你為什麼來日本？
Why did you come to Japan?

どうして 試験を 受けなかったの？
Doushite shiken wo ukenakattano

為什麼沒去考試？
Why didn't you take the exam?

なぜ 学校へ 行かなかったの？
Naze gakkou e ikanakattano

為什麼沒去上學？
Why didn't you go to school?

〜はどうですか？
〜 wa doudesuka

詢問想法、感受如何

MP3

基本フレーズ　基礎短句

仕事は どうですか？

Shigoto wa dou desuka

工作如何呢？How is your job?

　　「**〜はどうですか？**」、「**〜はいかがですか？**」用於詢問狀態、情形或對方的想法。

基本パターン　基礎句型

〜	は	+	どう	？
	wa		dou	

〜	は	+	どうですか	？
	wa		dou desuka	

〜	は	+	いかがですか	？
	wa		ikaga desuka	

基本パターンで言ってみよう！運用基礎句型說說看！

学校は どう？
Gakkou wa dou

學校如何呢？
How is your school life?

勉強は どう？
Benkyou wa dou

學習得怎麼樣呢？
How is your study?

味は どうですか？
Aji wa dou desuka

味道如何呢？
How does it taste?

体の 具合は どうですか？
Karada no guai wa dou desuka

身體的情況如何呢？
How are you feeling?

日本の 生活は どうですか？
Nihon no seikatsu wa dou desuka

日本的生活如何呢？
How is your life in Japan?

日本語の 勉強は どう？
Nihongo no benkyou wa dou

日語學習得怎麼樣呢？
How is your Japanese study coming along?

応用 ・ 應用篇
おうよう

おうよう

応用パターン① 應用句型 ①
おうよう

〈意向を聞く・詢問對方的想法〉
いこう き

| ～ | は | ＋ | どうですか | ？ |

wa　　　　dou desuka

| ～ | は | ＋ | いかがですか | ？ |

wa　　　　ikaga desuka

来週は どうですか？
らい しゅう
Raishuu wa dou desuka

下週如何呢？
How about next week?

あなたは どうですか？
Anata wa dou desuka

你覺得如何呢？
How do you think about it?

日本料理は どうですか？
に ほん りょう り
Nihon ryouri wa dou desuka

日本料理如何呢？
How about Japanese cuisine?

今夜 お寿司は どうですか？
こん や す し
Konya osushi wa dou desuka

今晚吃壽司如何呢？
How about sushi tonight?

湯かげんは いかがですか？
ゆ
Yukagen wa ikaga desuka

水溫如何呢？
How do you feel about hot water?

応用パターン② 應用句型 ②

〈丁寧・恭敬表現〉

| ～ | は | + | どうされますか | ？ |

wa　　　　dousaremasuka

| ～ | は | + | いかがですか | ？ |

wa　　　　ikaga desuka

お食事は どうされますか？
Oshokuji wa dousaremasuka

您要吃什麼？
Would you like some foods?

お飲み物は どうされますか？
Onomimono wa dousaremasuka

您要喝什麼？
Would you like some drinks?

お酒は いかがですか？
Osake wa ikaga desuka

您要喝酒嗎？
How about some alcohol?

お味は いかがですか？
Oaji wa ikaga desuka

味道如何呢？
How does it taste?

おつまみは いかがですか？
Utsumami wa ikaga desuka

要點小菜嗎？
How about a snack?

Part **2**

讓你日語更道地的
慣用句

おめでとう
omedetou

只要一個句型，所有祝賀都能用

基本フレーズ　基礎短句

MP3

ご結婚 おめでとう。
Gokekkon omedetou

恭喜結婚。Congratulations on your wedding.

「〜おめでとう（ございます）」用於祝賀生日或結婚等喜事（表示尊敬、禮貌時，會加ございます）。

基本パターン　基礎句型

| + | おめでとう |
omedetou

| + | おめでとうございます |
omedetou gozaimasu

基本パターンで言ってみよう！ 運用基礎句型說說看！

お誕生日 おめでとう。
Otanjoubi omedetou

生日快樂。
Happy birthday.

ご出産 おめでとう。
Goshussan omedetou

恭喜順產。
Congratulations on your new baby.

合格 おめでとう。
Goukaku omedetou

恭喜考試合格。
Congratulations on passing the exam.

ご入学 おめでとう。
Gonyuugaku omedetou

恭喜入學。
Congratulations on your admission.

ご卒業 おめでとう。
Gosotsugyou omedetou

恭喜畢業。
Congratulations on graduation.

新年 おめでとうございます。
Shinnen omedetou gozaimasu

新年快樂。
Happy New Year.

23 ありがとう
arigatou

謝謝的基本用法

基本フレーズ 基礎短句

プレゼントを ありがとう。
Purezento wo arigatou

謝謝你的禮物。Thank you for your present.

「～ありがとう（ございます）」用於表達感謝之意。

基本パターン 基礎句型

～ （を・は）+ ありがとう
　　wo　wa　　　　arigatou

～ （を・は）+ ありがとうございます
　　wo　wa　　　　arigatou gozaimasu

基本パターンで言ってみよう！ 運用基礎句型說說看！

メールを ありがとう。
Meru wo arigatou

謝謝你的郵件。
Thank you for your email.

写真を ありがとう。
Shashin wo arigatou

謝謝你的照片。
Thank you for the photograph.

連絡を ありがとう。
Renraku wo arigatou

謝謝你的聯絡。
Thank you for contacting me.

ご協力 ありがとうございます。
Gokyouryoku arigatou gozaimasu

謝謝您的幫忙。
Thank you very much for your cooperation.

ご意見 ありがとうございます。
Goiken arigatou gozaimasu

謝謝您的意見。
Thank you very much for your comments.

先日は ありがとうございました。
Senjitsu wa arigatou gozaimashita

前陣子謝謝您。
Thank you for your kindness the other day.

24 〜してくれてありがとう
〜 shitekurete arigatou

感謝對方幫忙，用這句

MP3

電話してくれて ありがとう。

Denwa shitekurete arigatou

謝謝你打電話給我。Thank you for calling.

「〜してくれてありがとう（ございます）」用於感謝對方
為自己做某些事。

基本パターン 基礎句型

〜	してくれて	＋	ありがとう
	shitekurete		arigatou

〜	してくれて	＋	ありがとうございます
	shitekurete		arigatou gozaimasu

基本パターンで言ってみよう！運用基礎句型說說看！

来てくれて ありがとう。
Kitekurete arigatou

謝謝你來。
Thank you for coming.

教えてくれて ありがとう。
Oshietekurete arigatou

謝謝你告訴我。
Thank you for letting me know.

助けてくれて ありがとう。
Tasuketekurete arigatou

謝謝你幫我。
Thank you for helping me.

手伝ってくれて ありがとう。
Tetsudattekurete arigatou

謝謝你幫我。
I thank you for your help.

荷物を 持ってくれて ありがとう。
Nimotsu wo mottekurete arigatou

謝謝你幫我拿行李。
Thank you for carrying my baggage.

家まで 送ってくれて
ありがとうございます。
Ie made okuttekurete arigatou gozaimasu

謝謝您送我回家。
Thank you for driving me home.

25 〜（して）ごめんなさい
〜 (shite) gomennasai
很抱歉、對不起！

基本フレーズ　基礎短句

遅れて ごめんなさい。
Okurete gomennasai

抱歉，我遲到了。Sorry for being late.

　　「〜（して）ごめんなさい」，因自己的行為而向對方表示歉意時使用。

基本パターン　基礎句型

〜　して ＋ ごめんなさい
　　 shite　　 gomennasai

〜　しなくて ＋ ごめんなさい
　　 shinakute　　 gomennasai

〜　できなくて ＋ ごめんなさい
　　 dekinakute　　 gomennasai

基本パターンで言ってみよう！ 運用基礎句型說說看！

お待たせして ごめんなさい。
Omataseshite gomennasai

抱歉，讓你久等了。
I'm sorry to have kept you waiting.

心配させて ごめんなさい。
Shinpaisasete gomennasai

抱歉，讓你擔心了。
I'm sorry to make you worry.

迷惑を かけて ごめんなさい。
Meiwaku wo kakete gomennasai

對不起，給你添麻煩了。
I'm sorry for causing you trouble.

＜否定＞
行けなくて ごめんなさい。
Ikenakute gomennasai

我無法去，很抱歉。
I'm sorry I cannot go.

昨日、電話しなくて ごめんなさい。
Kinou denwashinakute gomennasai

昨天沒有打電話給你，很抱歉。
I'm sorry I didn't call you yesterday.

お手伝いできなくて ごめんなさい。
Otetsudai dekinakute gomennasai

很抱歉，我幫不上忙。
I'm sorry I cannot help you.

26 〜しません か？
〜 shimasenka

邀請對方，一起做某件事

基本フレーズ 基礎短句

一緒に 旅行しません か？
Isshoni ryokoushimasenka

要不要一起去旅行？Would you like to travel with us?

「〜しません か？」用於邀請對方一起做某件事，詢問意願。

基本パターン 基礎句型

〜 しません か ？
shimasenka

基本パターンで言ってみよう！ 運用基礎句型說說看！

一緒に 行き**ませんか？**
Isshoni ikimasenka

要不要一起去？
Would you like to come with us?

一緒に 食べ**ませんか？**
Isshoni tabemasenka

要不要一起吃？
Would you like to eat together?

明日 遊びに 行き**ませんか？**
Ashita asobini ikimasenka

明天要不要一起去玩？
Why don't we go out tomorrow?

駅で 待ち合わせし**ませんか？**
Eki de machiawaseshimasenka

要不要約在車站見面？
Why don't we meet at the station?

みんなで 集まり**ませんか？**
Minna de atsumarimasenka

大家要不要聚一聚？
Why don't we get together?

みんなで 旅行に 行き**ませんか？**
Minna de ryokou ni ikimasenka

大家要不要一起去旅行？
Why don't we go on a trip together?

27

～しましょうか？
～ shimashouka

我來幫你吧！這樣說

基本フレーズ　基礎短句

MP3

お手伝いしましょうか？
Otetsudai shimashouka

我來幫您吧？ May I help you?

　　「～しましょうか？」用於表示想與對方一起做某件事，或是想為對方做某件事。

基本パターン　基礎句型

～　しましょうか ？
　　　shimashouka

基本パターンで言ってみよう！運用基礎句型說說看！

いっ しょ い
一緒に 行きましょうか？
Isshoni ikimashouka

一起去吧？
Shall we go together?

いっ しょ た
一緒に 食べましょうか？
Isshoni tabemashouka

一起吃吧？
Shall we eat together?

と
お取りしましょうか？
Otori shimashouka

我幫您拿吧？
Would you like me to take it?

きゅう けい
休憩しましょうか？
Kyuukei shimashouka

休息一下吧？
Shall we take a break?

えい が み い
映画を 観に 行きましょうか？
Eiga wo mini ikimashouka

一起去看電影吧？
Shall we go see a movie?

えき ま あ
駅で 待ち合わせしましょうか？
Eki de machiawase shimashouka

約在車站見面吧？
Shall we meet at the station?

28

～と思います
～ to omoimasu

我覺得、我認為，表達自己的想法

基本フレーズ　基礎短句

それは 安い と思います。

Sore wa yasui to omoimasu

我覺得那很便宜。I think it's cheap.

「**～と思います**」用於表達自己的猜測或感想。

基本パターン　基礎句型

～　**と** ＋ **思います**
　　to　　omoimasu

基本パターンで言ってみよう！ 運用基礎句型說說看！

それは 高い と思います。
Sore wa takai to omoimasu

我覺得那很貴。
I think it's expensive.

それは いい考えだ と思います。
Sore wa ii kangae da to omoimasu

我認為那個想法很好。
I think that's a good idea.

彼女は 来る と思います。
Kanojo wa kuru to omoimasu

我覺得她會來。
I think she'll come.

彼は 来ない と思います。
Kare wa konai to omoimasu

我覺得他不會來。
I don't think he'll come.

今日は 晴れる と思います。
Kyou wa hareru to omoimasu

我覺得今天會放晴。
I think it'll be sunny today.

明日、雨が降る と思います。
Ashita ame ga furu to omoimasu

我覺得明天會下雨。
I think it'll rain tomorrow.

29

～といいですね
～ to iidesune

希望再見面、希望放晴，說出內心期待

MP3

基本フレーズ　基礎短句

旅行に 行けると いいですね。
りょ こう　い
Ryokou ni ikeru to iidesune

真希望可以去旅行。I hope I can go on a trip.

「～といいですね」用於表達自己的期待或期望。

基本パターン　基礎句型
き ほん

～	と	＋	いいですね
	to		iidesune

基本パターンで言ってみよう！ **運用基礎句型說說看！**

成功すると いいですね。
Seikousuru to iidesune

希望可以成功。
I hope you succeed.

また会えると いいですね。
Mata aeru to iidesune

希望可以再見面。
I hope we can meet again.

また 集まれると いいですね。
Mata atsumareru to iidesune

真希望可以再相聚。
I hope we can get together again.

早く 良くなると いいですね。
Hayaku yokunaru to iidesune

希望情況能快點變好。
I hope you'll get better soon.

明日、 晴れると いいですね。
Ashita hareru to iidesune

真希望明天能放晴。
I hope it'll be sunny tomorrow.

試験に 合格すると いいですね。
Shiken ni goukakusuru to iidesune

希望考試能合格。
I hope you'll pass the exam.

基本フレーズ 基礎短句
き ほん

MP3

前は テニスを していました。
まえ
Maewa tenisu wo shiteimashita

我之前打過一陣子網球。I used to play tennis.

「前は～しました（していました）」用於表示以前曾經做
まえ
過的事（過去持續一段時間的事，用していました）。

基本パターン 基礎句型
き ほん

前は まえ	～	しました
Mae wa		shimashita

前は まえ	～	していました
Mae wa		shiteimashita

基本パターンで言ってみよう！運用基礎句型說說看！

前は あの**店**に よく **行**きました。
Maewa ano mise ni yoku ikimashita

我之前常去那家店。
I used to go to that store.

前は **横浜**に **住**んでいました。
Maewa yokohama ni sundeimashita

我之前住在橫濱。
I used to live in Yokohama.

前は タバコを **吸**っていました。
Maewa tabako wo sutteimashita

我以前抽菸。
I used to smoke.

前は ネコを **飼**っていました。
Maewa neko wo katteimashita

我以前養過貓。
I used to have a cat.

前は **学校**に **行**っていました。
Maewa gakkou ni itteimashita

我以前上過學。
I used to go to school.

前は **工場**で **働**いていました。
Maewa koujou de hataraiteimashita

我之前在工廠工作過。
I used to work in a factory.

31

よく～します
yoku ～ shimasu

習慣、常做某件事

基本フレーズ 基礎短句

MP3

私は 映画を よく見ます。
Watashi wa eiga wo yoku mimasu

我經常看電影。I often watch movies.

「よく～します」用於表示頻率很高的行為或習慣。

基本パターン 基礎句型

～ は ＋ よく ～ します
wa　　yoku　　　shimasu

基本パターンで言ってみよう！運用基礎句型說說看！

私は よく 外食します。
Watashi wa yoku gaishokushimasu

我經常外食。
I often eat out.

彼は よく 出張します。
Kare wa yoku shucchoushimasu

他經常出差。
He often goes on business trips.

彼女は よく 遅刻します。
Kanojo wa yoku chikokushimasu

她經常遲到。
She is often late.

私たちは よく 会います。
Watashitachi wa yoku aimasu

我們常見面。
We often meet.

私は あの店に よく 行きます。
Watashi wa ano mise ni yoku ikimasu

我常去那家店。
I often go to that shop.

私は 家族に よく 電話します。
Watashi wa kazoku ni yoku denwashimasu

我常打電話給家人。
I often call my family.

基本フレーズ　基礎短句

> # これは 使いやすい です。
> Kore wa tsukaiyasui desu

這個很好用。This is easy to use.

　「〜しやすいです」用於表示自己覺得方便使用的物品、工具，或是容易做的事。

基本パターン　基礎句型

〜	は	＋	〜	しやすいです
	wa			shiyasui desu

基本パターンで言ってみよう！ **運用基礎句型說說看！**

このペンは **書きやすい** です。
Kono pen wa kakiyasui desu

這枝筆很好寫。
This pen is easy to write with.

この本は **読みやすい** です。
Kono hon wa yomiyasui desu

這本書很容易讀。
This book is easy to read.

この地図は **わかりやすい** です。
Kono chizu wa wakariyasui desu

這張地圖很好懂。
This map is easy to understand.

この靴は **歩きやすい** です。
Kono kutsu wa arukiyasui desu

這雙鞋很好穿。
These shoes are comfortable to walk in.

その階段は **滑りやすい** です。
Sono kaidan wa suberiyasui desu

那道樓梯很容易滑倒。
Those stairs are slippery.

この問題は **間違えやすい** です。
Kono mondai wa machigaeyasui desu

這個問題很容易答錯。
This is a question people often get wrong.

33 ～しづらいです
～ shizurai desu

表示很難用、不好穿、很困難……

基本フレーズ　基礎短句

これは 使いづらい です。
Kore wa tsukaizurai desu

這個不好用。This is hard to use.

「**～しづらいです**」、「**～しにくいです**」用於表示自己覺得不方便使用的物品、工具，或是不容易做的事。

基本パターン　基礎句型

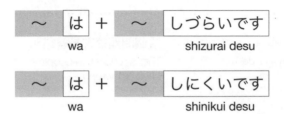

| ～ | は | ＋ | ～ | しづらいです |
| | wa | | | shizurai desu |

| ～ | は | ＋ | ～ | しにくいです |
| | wa | | | shinikui desu |

基本パターンで言ってみよう！運用基礎句型說說看！

このペンは **書きづらい** です。
Kono pen wa kakizurai desu

這枝筆很難寫。
This pen is hard to write with.

この本は **読みづらい** です。
Kono hon wa yomizurai desu

這本書不容易讀。
This book is hard to read.

この地図は **わかりづらい** です。
Kono chizu wa wakarizurai desu

這張地圖很難懂。
This map is hard to understand.

この靴は **歩きづらい** です。
Kono kutsu wa arukizurai desu

這雙鞋不好穿。
These shoes are hard to walk in.

この道は **通りづらい** です。
Kono michi wa toorizurai desu

這條路很難走。
This road is hard to pass through.

このドアは **開けにくい** です。
Kono doa wa akenikui desu

這扇門很難開。
This door is hard to open.

興趣、喜歡的東西，喜歡的人也可以

基本フレーズ　基礎短句

MP3

私は 音楽が 好きです。
Watashi wa ongaku ga sukidesu

我喜歡音樂。I like music.

「**〜が好きです**」用於表示自己喜歡的東西或是興趣。

基本パターン　基礎句型

〜 | は | + | 〜 | が 好きです
wa ・・・・・・ ga sukidesu

基本パターンで言ってみよう！運用基礎句型說說看！

私は 映画が 好きです。
Watashi wa eiga ga sukidesu

我喜歡電影。
I like movies.

彼は スポーツが 好きです。
Kare wa supotsu ga sukidesu

他喜歡運動。
He likes sports.

彼は ロックが 好きです。
Kare wa rokku ga sukidesu

他喜歡搖滾樂。
He likes rock music.

彼女は 絵が 好きです。
Kanojo wa e ga sukidesu

她喜歡畫。
She likes painting.

母は 料理が 好きです。
Haha wa ryouri ga sukidesu

媽媽喜歡做菜。
My mother likes cooking.

私は あなたが 好きです。
Watashi wa anata ga sukidesu

我喜歡你。
I like you.

〜がほしいです
〜 ga hoshiidesu

想買的，或買不到但想要的

基本フレーズ　基礎短句

MP3

私は 新しいテレビが ほしいです。
Watashi wa atarashii terebi ga hoshiidesu

我想要新電視。I want a new TV.

「〜がほしいです」用於表示自己想買的、想得到的東西。

基本パターン　基礎句型

〜	は	+	〜	が ほしい
	wa			ga hoshii

〜	は	+	〜	が ほしいです
	wa			ga hoshiidesu

基本パターンで言ってみよう！運用基礎句型說說看！

私は 車が ほしい。
Watashi wa kuruma ga hoshii

我想要車。
I want a car.

私は 彼氏が ほしいです。
Watashi wa kareshi ga hoshiidesu

我想交男朋友。
I want a boyfriend.

僕は 彼女が ほしいです。
Boku wa kanojo ga hoshiidesu

我想交女朋友。
I want a girlfriend.

私は 薬が ほしいです。
Watashi wa kusuri ga hoshiidesu

我想要藥。
I want medicine.

私は 新しい時計が ほしいです。
Watashi wa atarashii tokei ga hoshiidesu

我想要新時鐘。
I want a new clock.

私は もっと休みが ほしいです。
Watashi wa motto yasumi ga hoshiidesu

我想要更多休假。
I want more days off.

基本フレーズ　基礎短句

MP3

あなたの アドバイスが 必要です。
Anata no adobaisu ga hitsuyoudesu

我需要你的建議。I need your advice.

「〜が必要です」用於表示需求的事物。

基本パターン　基礎句型

〜	は	+	〜	が 必要だ
	wa			ga hitsuyouda

〜	は	+	〜	が 必要です
	wa			ga hitsuyoudesu

基本パターンで言ってみよう！ 運用基礎句型說說看！

あなたの 助けが 必要です。
Anata no tasuke ga hitsuyoudesu

我需要你的幫助。
I need your help.

彼は 休みが 必要です。
Kare wa yasumi ga hitsuyoudesu

他需要休息。
He needs a rest.

私は お金が 必要です。
Watashi wa okane ga hitsuyoudesu

我需要錢。
I need money.

予約が 必要です。
Yoyaku ga hitsuyoudesu

需要事先預約。
Reservations required.

ビザが 必要です。
Biza ga hitsuyoudesu

需要簽證。
Visas required.

<否定>
ビザは 必要ありません。
Biza wa hitsuyou arimasen

不需要簽證。
No visas required.

37 ～だそうです
～ da soudesu

表示傳聞、聽說的事

基礎短句 基礎短句

彼は 休みだそうです。
Kare wa yasumi da soudesu

聽說他休假。I heard he's off.

「～だそうです」用於表示聽說而來的人、事、物等。

基本パターン 基礎句型

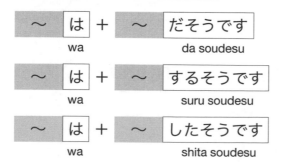

～	は	+	～	だそうです
	wa			da soudesu

～	は	+	～	するそうです
	wa			suru soudesu

～	は	+	～	したそうです
	wa			shita soudesu

基本パターンで言ってみよう！ 運用基礎句型說說看！

彼女は 病気だそうです。
Kanojo wa byoukida soudesu

聽說她生病了。
I heard she's sick.

あの話は 本当だそうです。
Ano hanashi wa hontouda soudesu

聽說那件事是真的。
I heard that story is true.

彼は 留学するそうです。
Kare wa ryuugakusuru soudesu

聽說他要留學。
I heard he'll study abroad.

<過去>
先生は 結婚したそうです。
Sensei wa kekkonshita soudesu

聽說老師結婚了。
I've heard our teacher got married.

彼女は 入院したそうです。
Kanojo wa nyuuinshita soudesu

聽說她住院了。
I heard she was hospitalized.

地震が あったそうです。
Jishin ga atta soudesu

聽說有地震。
I heard there was an earthquake.

38

〜らしい
〜 rashii

有客觀根據的推測

基本フレーズ 基礎短句

彼女は 来月 結婚するらしい。
Kanojo wa raigetsu kekkonsuru rashii

她好像下個月要結婚。I hear she'll get married next month.

「〜らしい」用於表示依據傳聞或客觀事實而做出的推測。

基本パターン 基礎句型

〜	は	+	〜	らしい
	wa			rashii

〜	は	+	〜	するらしい
	wa			suru rashii

〜	は	+	〜	したらしい
	wa			shita rashii

基本パターンで言ってみよう！運用基礎句型說說看！

明日、雨が降るらしい。
Ashita ame ga furu rashii

明天好像會下雨。
It seems like it will rain tomorrow.

週末に 台風が 来るらしい。
Shuumatsu ni taifuu ga kuru rashii

週末好像颱風要來。
It seems that a typhoon is coming this weekend.

彼女は 病気らしい。
Kanojo wa byouki rashii

她好像生病了。
It seems that she is ill.

彼は 来週 帰国するらしい。
Kare wa ralshuu kikokusuru rashii

他好像下週回國。
I hear he'll go back to his country next week.

その仕事は 大変らしい。
Sono shigoto wa taihen rashii

那個工作好像很辛苦。
The work seems to be difficult.

＜過去＞
地震が 起きたらしい。
Jishin ga okita rashii

好像有地震。
It seems that an earthquake occurred.

39 〜のようです
〜 noyoudesu

自己、個人的推測

基礎短句 | 基本フレーズ

彼女は 留学生 のようです。
Kanojo wa ryuugakusei no youdesu

她好像是留學生。She seems to be an international student.

「〜のようです」用於表示自己的推測。

基本パターン 基礎句型

| 〜 | は | + | 〜 | のようだ | / | のようです |
| | wa | | | no youda | | no youdesu |

| 〜 | は | + | 〜 | するようだ | / | するようです |
| | wa | | | suru youda | | suru youdesu |

| 〜 | は | + | 〜 | したようだ | / | したようです |
| | wa | | | shita youda | | shita youdesu |

基本パターンで言ってみよう！ 運用基礎句型說說看！

彼は 病気のようです。
Kare wa byouki no youdesu

他好像生病了。
He seems to be sick.

彼は 怒っているようだ。
Kare wa okotteiru youda

他好像在生氣。
He seems to be angry.

私は 風邪を ひいたようだ。
Watashi wa kaze wo hiita youda

我好像感冒了。
I think I caught a cold.

週末に 台風が 来るようだ。
Shuumatsu ni taifuu ga kuru youda

週末好像有颱風要來。
It seems a typhoon is coming during the weekend.

火事が あったようです。
Kaji ga atta youdesu

好像有火災。
It seems a fire broke out.

事故が あったようです。
Jiko ga atta youdesu

好像有事故。
It seems there was an accident.

40 ～そうです
～ soudesu

好像很好吃、好像很辛苦，表達感想

MP3

その映画は おもしろそうです。

Sono eiga wa omoshirosoudesu

那部電影好像很有趣。The movie seems to be interesting.

「**～そうです**」用於描述親眼所見，而對人、事、物留下的印象及感想等。

基本パターン　基礎句型

| ～ | は | + | ～ | そうだ |
| | wa | | | souda |

| ～ | は | + | ～ | そうです |
| | wa | | | soudesu |

基本パターンで言ってみよう！ 運用基礎句型說說看！

これは おいしそうです。
Kore wa oishisoudesu

這個好像很好吃。
This seems to be delicious.

彼らは 楽しそうです。
Karera wa tanoshisoudesu

他們好像很開心。
They seem to be having fun.

この辞書は 良さそうです。
Kono jisho wa yosasoudesu

這本字典好像不錯。
This dictionary seems to be good.

あの先生は 厳しそうだ。
Ano sensei wa kibishisouda

那位老師好像很嚴格。
That teacher seems to be strict.

彼は 忙しそうだ。
Kare wa isogashisouda

他好像很忙。
He seems busy.

その仕事は 大変そうだ。
Sono shigoto wa taihensouda

那份工作好像很辛苦。
That job seems to be difficult.

41

〜するはずです
〜 suruhazudesu

對人事物明確的推測

基本フレーズ 基礎短句

彼は 5時に 来るはずです。
Kare wa goji ni kuruhazudesu

他應該5點會來。He should come here at five.

「〜するはずです」，是明確推測人、事、物的預定時間或日程時所用的句型。

基本パターン 基礎句型

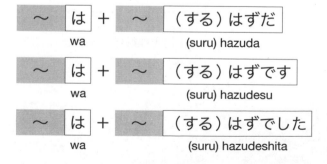

〜	は	+	〜	（する）はずだ
	wa			(suru) hazuda

〜	は	+	〜	（する）はずです
	wa			(suru) hazudesu

〜	は	+	〜	（する）はずでした
	wa			(suru) hazudeshita

基本パターンで言ってみよう！運用基礎句型説説看！

彼は 8時に 出社するはずです。
Kare wa hachiji ni shusshasuruhazudesu

他應該8點會來上班。
He should come to the office by eight.

荷物は 今日 届くはずです。
Nimotsu wa kyou todokuhazudesu

行李應該今天會到。
The luggage should arrive today.

今日、試合が あるはずです。
Kyou shiai ga aruhazudesu

今天應該有比賽。
The game should be held today.

明日、会議が あるはずです。
Ashita kaigi ga aruhazudesu

明天應該有會議。
The conference should be held tomorrow.

近くに お店が あるはずです。
Chikaku ni omise ga aruhazudesu

附近應該有商店。
There should be a shop nearby.

<過去>
昨日、友達に 会うはずでした。
Kinou tomodachi ni auhazudeshita

昨天應該與朋友見面的。
I was supposed to meet a friend yesterday.

42

～すぎます
～ sugimasu

太多、太少、太大、太小

本フレーズ 基礎短句

MP3

これは 大きすぎます。

Kore wa ookisugimasu

這個太大了。This is too large.

「**～すぎます**」用於表示事物的尺寸、量或程度等，與自己的預期有落差。

基本パターン 基礎句型

～	は	+	～	すぎる
	wa			sugiru

～	は	+	～	すぎます
	wa			sugimasu

～	は	+	～	すぎました
	wa			sugimashita

基本パターンで言ってみよう！運用基礎句型說說看！

それは 小さすぎます。
Sore wa chiisasugimasu

那個太小了。
It's too small.

これは 辛すぎます。
Kore wa karasugimasu

這個太辣了。
This is too spicy.

量が 多すぎます。
Ryou ga oosugimasu

量太多了。
Too much.

量が 少なすぎます。
Ryou ga sukunasugimasu

量太少了。
Too little.

お湯が 熱すぎます。
Oyu ga atsusugimasu

熱水太燙了。
The water is too hot.

<過去>
昨日、食べすぎました。
Kinou tabesugimashita

昨天吃太多了。
I ate too much yesterday.

43

より〜です
yori 〜 desu

比較兩個人事物的差別

基本フレーズ　基礎短句

私は 彼より 年上です。
Watashi wa kare yori toshiue desu

我比他年長。I'm older than him.

「**より〜です**」用於比較兩樣事物的尺寸、量和程度等。

基本パターン　基礎句型

A は + B より + 〜 だ／です
wa　　　　yori　　　　da　desu

B より + A が + 〜 だ／です
yori　　　　ga　　　　da　desu

基本パターンで言ってみよう！運用基礎句型說說看！

私は 彼女より 年下です。
Watashi wa kanojo yori toshishita desu

我比她年輕。
I'm younger than her.

これは あれより 高いです。
Kore wa are yori takai desu

這個比那個貴。
This is more expensive than that.

これは それより 安いです。
Kore wa sore yori yasui desu

這個比那個便宜。
This is cheaper than that.

今年は 去年より 暑いです。
Kotoshi wa kyonen yori atsui desu

今年比去年熱。
This year is hotter than last year.

今週は 先週より 寒いです。
Konshuu wa senshuu yori samui desu

這週比上週冷。
This week is colder than last week.

私は 肉より 魚が 好きです。
Watashi wa niku yori sakana ga suki desu

比起吃肉，我更喜歡吃魚。
I prefer fish to meat.

44

かもしれません
kamoshiremasen

或許，表達個人推測

MP3

弟が 来るかもしれません。
Otouto ga kuru kamoshiremasen

我弟弟或許會來。My younger brother might come.

「～かもしれません」是對人、事、物等表達個人推測。

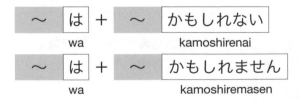

～	は	+	～	かもしれない

wa　　　　　　　kamoshirenai

～	は	+	～	かもしれません

wa　　　　　　　kamoshiremasen

基本パターンで言ってみよう！運用基礎句型說說看！

だれか 来るかもしれません。
Dareka kuru kamoshiremasen

或許有人會來。
Someone might come.

予定が 変わるかもしれません。
Yotei ga kawaru kamoshiremasen

計畫可能會改。
Our plans might change.

人数が 増えるかもしれません。
Ninzuu ga fueru kamoshiremasen

人數或許會增加。
The number of people might increase.

病院で 少し 待つかもしれません。
Byouin de sukoshi matsu kamoshiremasen

或許要在醫院等一下。
You might need to wait a little at the hospital.

あなたと 一緒に
行けるかもしれません。
Anata to isshoni ikeru kamoshiremasen

我或許可以跟你一起去。
I might be able to go with you.

＜否定＞
私は 行かないかもしれません。
Watashi wa ikanai kamoshiremasen

我可能不會去。
I might not go.

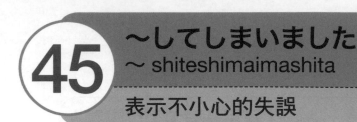

45

〜してしまいました
〜 shiteshimaimashita

表示不小心的失誤

基本フレーズ（き ほん）　基礎短句

遅刻（ち こく）してしまいました。
Chikokushiteshimaimashita

我不小心遲到了。I was accidentally late.

「〜してしまいました」用於表示意外、不小心的失誤。

基本パターン（き ほん）　基礎句型

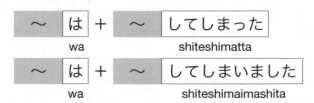

〜	は	+	〜	してしまった
	wa			shiteshimatta

〜	は	+	〜	してしまいました
	wa			shiteshimaimashita

基本パターンで言ってみよう！運用基礎句型說說看！

寝坊してしまいました。
Neboushiteshimaimashita

我不小心睡過頭了。
I accidentally overslept.

機械が 故障してしまいました。
Kikai ga koshoushiteshimaimashita

機器故障了。
The machine broke down.

財布を なくしてしまいました。
Saifu wo nakushiteshimaimashita

我不小心弄丟錢包。
I accidentally lost my wallet.

お皿を 割ってしまいました。
Osara wo watteshimaimashita

我不小心打破盤子。
I accidentally broke the dishes.

スマホを 忘れてしまいました。
Sumaho wo wasureteshimaimashita

我忘了帶手機。
I forgot to bring my smartphone.

彼は 会社を 辞めてしまいました。
Kare wa kaisha wo yameteshimaimashita

他把工作辭了。
He quit the company (for some reason).

※這裡隱含説話者對此感到意外的心情。

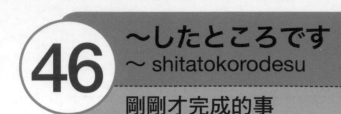

46 〜したところです
〜 shitatokorodesu

剛剛才完成的事

基本フレーズ　基礎短句

MP3

私は お昼を 食べたところです。

Watashi wa ohiru wo tabeta tokorodesu

我才剛吃過午餐。I just had lunch.

「〜したところです」表示剛完成某個行為或動作。

基本パターン　基礎句型

〜	は	＋	〜	したところだ
	wa			shitatokoroda

〜	は	＋	〜	したところです
	wa			shitatokorodesu

基本パターンで言ってみよう！ **運用基礎句型說說看！**

駅に 着いたところです。
Eki ni tsuita tokorodesu

我剛到車站。
I just arrived at the station.

家に 帰ったところです。
Ie ni kaetta tokorodesu

我剛回到家。
I just got home.

ちょうど 電車が行ったところです。
Choudo densha ga itta tokorodesu

電車才剛走。
The train just left.

夕食が 出来たところです。
Yuushoku ga dekita tokorodesu

晚餐剛剛做好。
Dinner is just ready.

宿題を 終えたところです。
Shukudai wo oeta tokorodesu

我剛做完作業。
I just finished my homework.

仕事を 終えたところです。
Shigoto wo oeta tokorodesu

我剛結束工作。
I just finished my work.

～しなさい
～ shinasai

命令句，家長、老師常對小孩用

き ほん基本フレーズ　基礎短句

MP3

車（くるま）に 注意（ちゅうい）しなさい。
Kuruma ni chuui shinasai

小心車子。Watch out for cars.

　　「～しなさい」是家長、老師用於指示或命令孩子時常用的句型。

基本パターン　基礎句型

～　しなさい
　　shinasai

基本パターンで言ってみよう！運用基礎句型說說看！

この部屋を 掃除しなさい。
Kono heya wo souji shinasai

打掃這間房間。
Clean this room.

荷物を 整理しなさい。
Nimotsu wo seiri shinasai

整理你的行李。
Organize your luggage.

宿題を 提出しなさい。
Shukudai wo teishutsu shinasai

作業交出來。
Hand in your homework.

もっと 勉強しなさい。
Motto benkyou shinasai

多用功一點。
Study harder.

静かに しなさい。
Shizukani shinasai

安靜。
Be quiet.

あとで 職員室に 来なさい。
Atode shokuinshitsu ni kinasai

待會過來教師辦公室。
Come to the teacher's office later.

48

あまり〜ない
amari 〜 nai

不太滿意、不太知道的事

基本フレーズ（きほん） 基礎短句

これは あまり おいしくない。
Kore wa amari oishikunai

這個不太好吃。This isn't very good.

「**あまり〜ない**」用於表示自己不太滿意的事物。

基本パターン（きほん） 基礎句型

基本パターンで言ってみよう！運用基礎句型說說看！

私は **あまり** 楽しくない。
Watashi wa amari tanoshikunai

我不太開心。
I'm not very happy.

その服は **あまり** 良くない。
Sono fuku wa amari yokunai

那件衣服不怎麼好。
That piece of clothing is not very good.

このドラマは **あまり**
おもしろくない。
Kono dorama wa amari omoshirokunai

這部劇不怎麼有趣。
This drama isn't very interesting.

この部屋は **あまり** 清潔ではない。
Kono heya wa amari seiketsu dewanai

這間房間不怎麼乾淨。
This room isn't very clean.

私は その町を **あまり** 知らない。
Watashi wa sono machi wo amari shiranai

我不太了解那個城鎮。
I don't know much about that town.

私は 魚が **あまり** 好きではない。
Watashi wa sakana ga amari suki dewanai

我不太喜歡魚。
I don't like fish very much.

49 それほど～ない
sorehodo ～ nai

沒那麼冷、沒那麼簡單

 MP3

基礎フレーズ 基礎短句

今日、それほど 寒くない。
Kyou sorehodo samukunai

今天沒有那麼冷。It isn't so cold today.

「それほど～ない」用於表示程度比自己預想的少或低。

基本パターン 基礎句型

～	は	＋	それほど	～	ない
	wa		sorehodo		nai

～	は	＋	それほど	～	ではない
	wa		sorehodo		dewanai

基本パターンで言ってみよう！運用基礎句型說說看！

人数は それほど 多くない。
Ninzuu wa sorehodo ookunai

人數沒有那麼多。
The number of people isn't as much.

その服は それほど 高くない。
Sono fuku wa sorehodo takakunai

那件衣服沒有那麼貴。
That piece of clothing is not very expensive.

この薬は それほど 苦くない。
Kono kusuri wa sorehodo nigakunai

這個藥沒那麼苦。
This medicine isn't so bitter.

それほど 悪くない。
Sorehodo warukunai

沒有那麼差。
It isn't so bad.

それほど 遠くない。
Sorehodo tookunai

沒有那麼遠。
It isn't so far (from here).

それほど 簡単ではない。
Sorehodo kantan dewanai

沒那麼簡單。
It isn't so easy.

50 よく
yoku

表示程度，非常、很的意思

私は 彼を よく 知っています。
Watashi wa kare wo yoku shitteimasu

我非常了解他。I know him well.

「**よく〜**」用於表示自己知識、理解或記憶等的程度。

基本パターン 基礎句型

よく	〜	
Yoku		

よく	〜	ない
Yoku		nai

基本パターンで言ってみよう！運用基礎句型說說看！

よく わかります。 Yoku wakarimasu	我非常明白。 I understand it well.
よく 覚えています。 Yoku oboeteimasu	我記得很清楚。 I remember it well.
ここから **よく** 見えます。 Koko kara yoku miemasu	從這裡看得很清楚。 I can see it well from here.

<否定>

よく わから**ない**。 Yoku wakaranai	我不太明白。 I don't understand it well.
よく 覚えてい**ない**。 Yoku oboeteinai	我不太記得。 I don't remember it well.
ここから **よく** 見え**ない**。 Koko kara yoku mienai	從這裡看不太清楚。 I can't see it well from here.

51 まったく〜ない
mattaku 〜 nai

完全不知道、完全沒有

基本フレーズ 基礎短句

MP3

私は それを まったく 覚えていない。
Watashi wa sore wo mattaku oboeteinai

我完全不記得那件事。I don't remember it at all.

「まったく〜ない」表示完全沒有跟某事相關的知識、理解或記憶。

基本パターン 基礎句型

まったく	〜	ない
Mattaku		nai

基本パターンで言ってみよう！運用基礎句型說說看！

まったく わからない。
Mattaku wakaranai

我完全不明白。
I don't understand at all.

まったく 知らない。
Mattaku shiranai

我完全不知道。
I don't know anything at all.

まったく 聞こえない。
Mattaku kikoenai

我完全聽不到。
I can't hear anything at all.

ここから まったく 見えない。
Koko kara mattaku mienai

從這裡完全看不到。
I can't see anything from here at all.

雨が まったく 降らない。
Ame ga mattaku furanai

完全不下雨。
It doesn't rain at all.

**このドラマは まったく
おもしろくない。**
Kono dorama wa mattaku omoshirokunai

這部劇完全不有趣。
This drama isn't interesting at all.

52

〜させてください
〜 sasetekudasai

請容我説明，提出自己要做的事

き ほん基本フレーズ　基礎短句

MP3

私に 説明させてください。
Watashi ni setsumeisasete kudasai

請讓我説明一下。Let me explain.

「〜させてください」用於提出自己要做的事。

基本パターン　基礎句型

（私に）＋ 〜 させて
(Watashi ni) sasete

（私に）＋ 〜 させてください
(Watashi ni) sasete kudasai

基本パターンで言ってみよう！運用基礎句型說說看！

私に 行かせてください。
Watashi ni ikasete kudasai

請讓我去。
Let me go.

私に やらせてください。
Watashi ni yarasete kudasai

請讓我做。
Let me do it.

私に 手伝わせてください。
Watashi ni tetsudawasete kudasai

請讓我幫忙。
Let me help you.

私に 通訳させてください。
Watashi ni tsuuyakusasete kudasai

請讓我口頭翻譯。
Let me interpret.

自己紹介させてください。
Jiko shoukai sasete kudasai

請容我自我介紹。
Lot me introduce myself.

今日は 私に 払わせてください。
Kyou wa watashi ni harawasete kudasai

今天請讓我請客。
Let me pay for today.

53 ～させます
～ sasemasu

指示、交代別人做事

基本フレーズ 基礎短句

彼女に 電話させます。
Kanojo ni denwasasemasu

我交代她打電話。I have her call.

「～させます」用於指示或交代某人做事。

基本パターン 基礎句型

～ に ＋ ～ させます
ni sasemasu

178

基本パターンで言ってみよう！ 運用基礎句型說說看！

彼に 約束させます。
Kare ni yakusokusasemasu

我要他保證。
I make him promise.

娘に 薬を 飲ませます。
Musume ni kusuri wo nomasemasu

我要求女兒吃藥。
I make my daughter take the medicine.

子供に 宿題を やらせます。
Kodomo ni shukudai wo yarasemasu

我要求孩子寫功課。
I have my child do the homeword.

学生に 本を 読ませます。
Gakusei ni hon wo yomasemasu

我讓學生念書。
I have our students read books.

彼に お酒を やめさせます。
Kare ni osake wo yamesasemasu

我要他戒酒。
I make him stop drinking.

弟に タバコを やめさせます。
Otouto ni tabako wo yamesasemasu

我要弟弟戒菸。
I make my brother quit smoking.

～されました
～ saremashita

東西被偷了！被動句型怎麼用

基礎短句

MP3

彼は 先生に 注意されました。
Kare wa sensei ni chuui saremashita

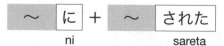
他被老師警告。He was warned by the teacher.

「～されました」用於表示承受其他人、事、物的行為。

基本パターン　基礎句型

～ に + ～ された
ni　　　 sareta

～ に + ～ されました
ni　　　 saremashita

180

基本パターンで言ってみよう！運用基礎句型說說看！

先生に 怒られました。
Sensei ni okoraremashita

我被老師罵。
I was scolded by the teacher.

蚊に 刺されました。
Ka ni sasaremashita

我被蚊子咬。
I was bitten by a mosquito.

私の写真が 雑誌に 掲載された。
Watashi no shashin ga zasshi ni keisaisareta

我的照片被刊登在雜誌上。
My photo was published in the magazine.

鞄を 奪われた。
Kaban wo ubawareta

我的包包被搶了。
My bag was snached.

自転車を 盗まれた。
Jitensha wo nusumareta

我的腳踏車被偷了。
My bicycle was stolen.

財布を 盗まれた。
Saifu wo nusumareta

我的錢包被偷了。
My wallet was stolen.

55

～するつもりです
～ suru tsumoridesu

下個月我打算去日本

基本フレーズ（き ほん）　基礎短句

MP3

来月（らい げつ）、私（わたし）は 引（ひ）っ越（こ）しするつもりです。
Raigetsu watashi wa hikkoshisuru tsumoridesu

下個月我打算搬家。I'm going to move next month.

「～するつもりです」用於表示自己未來想做或打算做的事。

基本パターン（き ほん）　基礎句型

| ～ | は | + | ～ | （する）つもりだ |
| | wa | | | (suru) tsumorida |

| ～ | は | + | ～ | （する）つもりです |
| | wa | | | (suru) tsumoridesu |

基本パターンで言ってみよう！運用基礎句型說說看！

午後、散歩するつもりです。
Gogo sanposuru tsumoridesu

下午我打算去散步。
I'm going to take a walk in the afternoon.

彼と 食事するつもりです。
Kare to shokujisuru tsumoridesu

我打算跟他吃個飯。
I'm going to have dinner with him.

彼は 新車を 買うつもりです。
Kare wa shinsha wo kau tsumoridesu

他打算買新車。
He's going to buy a new car.

来週、京都に 行くつもりです。
Raishuu kyouto ni iku tsumoridesu

下週，我打算去京都。
I'm going to go to Kyoto next week.

来月、旅行するつもりです。
Raigetsu ryokousuru tsumoridesu

下個月，我打算去旅行。
I'm going to travel next month.

日本で 就職するつもりです。
Nihon de shuushokusuru tsumoridesu

我打算在日本工作。
I'm going to get a job in Japan.

基本フレーズ 基礎短句

> # 私は スポーツが 得意です。
> Watashi wa supotsu ga tokui desu

我擅長運動。I'm good at sports.

　　「**〜が得意です**」用於表示自己擅長的事，而若要表示自己不擅長或是不喜歡的事，則用「**〜が苦手です**」。

基本パターン　基礎句型

〜	は	+	〜	が 得意です
	wa			ga tokuidesu

〜	は	+	〜	が 苦手です
	wa			ga nigate desu

基本パターンで言ってみよう！運用基礎句型說說看！

私は 英語が 得意です。
Watashi wa eigo ga tokui desu

我擅長英語。
I'm good at English.

彼は 水泳が 得意です。
Kare wa suiei ga tokui desu

他擅長游泳。
He is good at swimming.

彼女は 料理が 得意です。
Kanojo wa ryouri ga tokui desu

她擅長做料理。
She is good at cooking.

私は 辛い物が 苦手です。
Watashi wa karai mono ga nigate desu

我不喜歡辣的東西（我不會吃辣）。
I'm not good at spicy food.

私は 漢字が 苦手です。
Watashi wa kanji ga nigate desu

我不擅長漢字。
I'm not good at kanji.

私は 納豆が 苦手です。
Watashi wa nattou ga nigate desu

我不喜歡納豆。
I don't like natto.

57 ～しそうです
～ shisoudesu

好像快下雨了，即將發生的事

基本フレーズ　基礎短句

もうすぐ 雨が 降りそうです。
Mousugu ame ga furisoudesu

好像快要下雨了。It seems that it'll rain soon.

「～しそうです」用於表示即將發生的事或狀態。

基本パターン　基礎句型

～ は ＋ ～ しそうです
　　wa　　　　　shisoudesu

基本パターンで言ってみよう！ 運用基礎句型說說看！

そろそろ 雨が やみそうです。
Sorosoro ame ga yamisoudesu

雨差不多要停了。
It seems that the rain will stop soon.

バスが 出発しそうです。
Basu ga shuppatsushisoudesu

公車快要出發了。
The bus is about to depart.

この時計は 壊れそうです。
Kono tokei wa kowaresoudesu

這個時鐘好像快要壞了。
This clock is about to be broken.

レポートが 完成しそうです。
Repoto ga kanseishisoudesu

報告快完成了。
The report is about to be completed.

スマホの 充電が 切れそうです。
Sumaho no juuden ga kiresoudesu

手機快要沒電了。
The smartphone's battery is almost dead.

疲れて 病気に なりそうです。
Tsukarete byouki ni narisoudesu

累到好像快要生病。
I'm so tired that I'm about to be sick.

基本フレーズ（き ほん）　基礎短句

お茶（ちゃ）を どうぞ。
Ocha wo douzo

請用茶。Please have a cup of tea.

「どうぞ」，請對方使用某物、做某項行為時使用的句型。

基本パターン（き ほん）　基礎句型

～ を どうぞ
wo douzo

どうぞ ～
Douzo

基本パターンで言ってみよう！ 運用基礎句型說說看！

お菓子を どうぞ。
Okashi wo douzo

請用點心。
Please have some sweets.

おつまみを どうぞ。
Otsumami wo douzo

請用小菜。
Please have some snacks.

おしぼりを どうぞ。
Oshibori wo douzo

請用熱毛巾。
Please use the hot towel.

どうぞ よろしく。
Douzo yoroshiku

請多指教。
Nice to meet you.

どうぞ ごゆっくり。
Douzo goyukkuri

請慢慢來。
Please take your time.

どうぞ ご遠慮なく。
Douzo goenryonaku

請不要客氣。
Please, don't be nervous.

59

どうぞ～してください
Douzo ～ shitekudasai

請享用，應對顧客必備句

MP3

どうぞ 食べてください。
Douzo tabete kudasai

請吃（請用）。Please eat.

　　「どうぞ～してください」用於請對方做某件事，常在應對顧客時使用。

基本パターン　基礎句型

どうぞ	～	（して）ください
Douzo		(shite) kudasai

基本パターンで言ってみよう！ 運用基礎句型說說看！

どうぞ お召し上がりください。
Douzo omeshiagari kudasai

請享用。
Please help yourself to the dishes.

※這裡的「召し上がり」（動詞原形「召し上がる」）為吃（食べる）、喝（飲む）的尊敬語，當對象是前輩、客人時使用，表示尊敬及禮貌。（參考附錄「常用敬語」）

どうぞ お飲みください。
Douzo onomi kudasai

請喝（請用）。
Please drink.

どうぞ ご覧ください。
Douzo goran kudasai

請看。
Please take a look.

どうぞ お取りください。
Douzo otori kudasai

請拿。
Please take it.

どうぞ お上がりください。
Douzo oagari kudasai

請進。
Please come in.

どうぞ お座りください。
Douzo osuwari kudasai

請坐。
Please sit down.

60 どうも
Doumo

表達無法用言詞形容的感情

MP3

基本フレーズ 基礎短句

どうも ありがとうございます。
Doumo arigatou gozaimasu

真是謝謝您。Thank you very much.

「**どうも**」用於表示無法用言語明確形容的感情或狀態，可運用在各種場合。

基本パターン 基礎句型

どうも	～
Doumo	

どうも	～	ない
Doumo		nai

基本パターンで言ってみよう！**運用基礎句型說說看！**

どうも すみません。
Doumo sumimasen

真是不好意思。
I'm so sorry.

どうも 失礼しました。
Doumo shitsurei shimashita

真是失禮了。
I'm sorry about that.

どうも ご苦労様です。
Doumo gokurousama desu

真是辛苦你了。
Thank you for your effort.

どうも 申し訳ない。
Doumo moushiwakenai

真是抱歉。
I'm very sorry.

どうも すっきり しない。
Doumo sukkiri shinai

總覺得不痛快。
I don't feel refreshed for some reason.

どうも やる気が 出ない。
Doumo yaruki ga denai

總覺得提不起勁。
I don't feel motivated.

61 とても
totemo

非常好吃、非常感謝，強調程度

基本フレーズ　基礎短句

MP3

これは とても おいしい。

Kore wa totemo oishii

這個非常好吃。This is very good.

「**とても**」用於強調肯定或否定某事物。

基本パターン　基礎句型

とても	〜
Totemo	

とても	〜	ない
Totemo		nai

基本パターンで言ってみよう！ 運用基礎句型說說看！

この部屋は とても 広い。
Kono heya wa totemo hiroi

這間房間非常寬敞。
This room is very spacious.

景色が とても すばらしかった。
Keshiki ga totemo subarashikatta

景色非常棒。
The scenery was very splendid.

あのホテルは とても 良かった。
Ano hoteru wa totemo yokatta

那間飯店非常好。
That hotel was very good.

彼に とても 感謝しています。
Kare ni totemo kansha shiteimasu

我非常感謝他。
I really appreciate him.

彼には とても かなわない。
Kare niwa totemo kanawanai

我根本比不上他。
I'm no match for him.

こんなにたくさん、とても
食べきれない。
Konnani takusan totemo tabekirenai

這麼多，根本吃不完。
This is too much, I can't eat it all.

62 また～
mata ～

下次再來！

MP3

基本フレーズ 基礎短句

また会いましょう。
Mata aimashou

下次再見。See you again.

「**また～**」用於表示想再次做某件事。

基本パターン 基礎句型

また ～ する
Mata suru

また ～ します
Mata shimasu

また ～ しましょう
Mata shimashou

また ～ してください
Mata shitekudasai

基本パターンで言ってみよう！ **運用基礎句型說說看！**

また 来ます。
Mata kimasu

我會再來。
I'll come again.

また 電話します。
Mata denwa shimasu

我會再打電話。
I'll call you again.

また 食事を しましょう。
Mata shokuji wo shimashou

下次再一起吃飯吧！
Let's go out for a meal again.

また お酒を 飲みましょう。
Mata osake wo nomimashou

下次再一起喝酒吧！
Let's go drinking again.

また 来てくださいね。
Mata kite kudasaine

下次再來喔！
Please come again.

また 電話してくださいね。
Mata denwashite kudasaine

請再打電話給我喔！
Please call me again.

或許，表示推測和想像

彼は たぶん 来るでしょう。

Kare wa tabun kuru deshou

他或許會來。He'll probably come.

「たぶん」用於表示說話者的推測和想像。

基本パターン 基礎句型

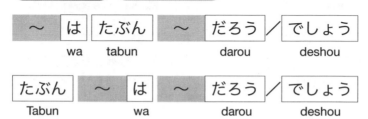

～	は	たぶん	～	だろう ／ でしょう
	wa	tabun		darou / deshou

たぶん	～	は	～	だろう ／ でしょう
Tabun		wa		darou / deshou

基本パターンで言ってみよう！ 運用基礎句型說說看！

たぶん 彼は 会社に いるだろう。
Tabun kare wa kaisha ni iru darou

他或許在公司吧。
Maybe he is in the company.

たぶん 彼女は 合格するでしょう。
Tabun kanojo wa goukakusuru deshou

她或許會考上吧。
Maybe she'll pass the test.

たぶん 彼は 来ないでしょう。
Tabun kare wa konai deshou

也許他不會來吧。
Maybe he won't come.

たぶん 風邪を ひいた と思います。
Tabun kaze wo hiita to omoimasu

我覺得我可能感冒了。
I probably caught a cold.

明日、たぶん 晴れるでしょう。
Ashita tabun hareru deshou

明天可能會放晴吧。
It'll probably be sunny tomorrow.

明日、たぶん 雨が 降るでしょう。
Ashita tabun ame ga furu deshou

明天或許會下雨吧。
It'll probably rain tomorrow.

64 きっと
kitto

一定，表示強烈願望或決心

基本フレーズ　基礎短句

彼は きっと 来ますよ。
Kare wa kitto kimasuyo

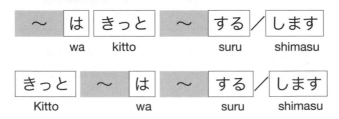

他一定會來的。I'm sure he'll come.

「きっと」用於表示說話者強烈的願望、期待、決心或把握。

基本パターン　基礎句型

～	は	きっと	～	する / します
	wa	kitto		suru / shimasu

きっと	～	は	～	する / します
Kitto		wa		suru / shimasu

基本パターンで言ってみよう！ 運用基礎句型說說看！

彼女は きっと 合格しますよ。
Kanojo wa kitto goukakushimasuyo

她一定會考上。
I'm sure she'll pass the test.

彼女は きっと 無事ですよ。
Kanojo wa kitto buji desuyo

她一定會平安無事。
I'm sure she'll be safe.

彼は きっと 大丈夫ですよ。
Kare wa kitto daijoubu desuyo

他肯定沒問題的。
I'm sure he'll be alright.

きっと 見つかるよ。
Kitto mitsukaruyo

一定會找到的。
I'm sure you'll find it.

きっと 戻ってきますよ。
Kitto modotte kimasuyo

一定會回來的。
I'm sure it'll be returned.

きっと いいことがありますよ。
Kitto iikoto ga arimasuyo

一定會有好事發生。
I'm sure something good will happen.

65 念のために
nennotameni

慎重起見、以防萬一

MP3

基本フレーズ　基礎短句

念のために 確認してください。
Nennotameni kakunin shitekudasai

為求慎重起見，請確認一下。Please check it just in case.

「念のために」，傳達重要事項或防患未然時所說的話。

基本パターン　基礎句型

| 念のために
Nennotameni | ～ | します
shimasu |

| 念のために
Nennotameni | ～ | しよう／しましょう
shiyou　　shimashou |

| 念のために
Nennotameni | ～ | してください
shitekudasai |

基本パターンで言ってみよう！ 運用基礎句型說說看！

念のために アドレスを 教えます。
Nennotameni adoresu wo oshiemasu

為求慎重起見，我告訴你地址。
I'll give you the address just in case.

念のために 電話番号を 伝えます。
Nennotameni denwa bangou wo tsutaemasu

為了以防萬一，我告訴你電話號碼。
I'll tell the phone number just in case.

念のために コピーを 取ります。
Nennotameni kopi wo torimasu

為求慎重起見，我影印一份。
I'll take a copy just in case.

念のために 彼に 電話します。
Nennotameni kare ni denwa shimasu

為了以防萬一，我打個電話給他。
I'll call him just in case.

念のために 傘を 持って行こう。
Nennotameni kasa wo motte ikou

為了以防萬一，我還是帶把傘吧。
I'll bring an umbrella just in case.

念のために 多めに 買っておこう。
Nennotameni oomeni katte okou

為了以防萬一，還是多買一些吧。
I'll buy more just in case.

基本フレーズ　基礎短句

ここに ゴミを 捨てないで。
Koko ni gomi wo sutenaide

不要把垃圾丟在這裡。(Please) don't litter here.

「〜しないで（ください）」表示不希望對方做某些行為。

基本パターン　基礎句型

〜 | しないで
shinaide

〜 | しないでください
shinaide kudasai

基本パターンで言ってみよう！運用基礎句型說說看！

ここで 騒がないで。
Koko de sawaganaide

不要在這裡吵鬧。
(Please) keep your voice down.

ここに 車を 停めないで。
Koko ni kuruma wo tomenaide

不要把車停在這裡。
(Please) don't park your car here.

ここで タバコを 吸わないで。
Koko de tabako wo suwanaide

不要在這裡抽菸。
(Please) don't smoke here.

商品に 触らないでください。
Shouhin ni sawaranaide kudasai

請勿碰觸商品。
(Please) don't touch the products.

写真を 撮らないでください。
Shashin wo toranaide kudasai

請勿拍照。
(Please) don't take photos.

芝生に 入らないでください。
Shibafu ni hairanaide kudasai

請勿踐踏草皮。
(Please) keep off the grass.

67

～してはいけません
～ shitewa ikemasen

禁菸、禁止停車，表示絕不能做的行為

基本フレーズ　基礎短句

MP3

ゴミを 捨てては いけません。
Gomi wo sutetewa ikemasen

禁止丟垃圾。You must not litter.

　　「～してはいけない」、「～してはいけません」用於表示
禁止某些行為。

基本パターン　基礎句型

～	しては いけない

shitewa ikenai

～	しては いけません

shitewa ikemasen

基本パターンで言ってみよう！運用基礎句型說說看！

ここで 騒いでは いけません。
Koko de sawaidewa ikemasen

這裡禁止大聲喧嘩。
You must keep your voice down.

ここに 車を 停めては いけません。
Koko ni kuruma wo tometewa ikemasen

此處禁止停車。
You must not park your car here.

ここで タバコを
吸っては いけません。
Koko de tabako wo suttewa ikemasen

這裡禁止吸菸。
You must not smoke here.

商品に 触っては いけません。
Shouhin ni sawattewa ikemasen

禁止觸摸商品。
You must not touch the products.

写真を 撮っては いけません。
Shashin wo tottewa ikemasen

禁止拍照。
You must not take photos .

芝生に 入っては いけません。
Shibafu ni haittewa ikemasen

禁止踐踏草皮。
You must keep off the grass.

68

～してみて（ください）
～ shitemite (kudasai)

吃吃看、試試看，鼓勵對方嘗試

基本フレーズ　基礎短句

これを 食べてみて。
Kore wo tabetemite

嘗看看這個。Try this.

　　「～してみて（ください）」是用於鼓勵、建議對方嘗試做某件事的句型。

基本パターン　基礎句型

～	してみて

shitemite

～	してみて ください

shitemite kudasai

基本パターンで言ってみよう！運用基礎句型說說看！

彼に 電話してみて。
Kare ni denwashitemite

打電話給他看看。
Try to call him.

この服を 試着してみて。
Kono fuku wo shichakushitemite

試穿看看這件衣服。
Try on this piece of clothing.

その店に 行ってみて。
Sono mise ni ittemite

去那家店看看。
Try to go to that store.

これを 飲んでみて。
Kore wo nondemite

喝看看這個。
Try to drink this.

この本を 読んでみて。
Kono hon wo yondemite

讀看看這本書。
Try to read this book.

彼女に 会ってみて ください。
Kanojo ni attemite kudasai

請與她見面看看。
Please try to meet her.

69

お願いします
onegai shimasu

結帳、點餐必備句型

基本フレーズ　基礎短句

精算、お願いします。
Seisan onegai shimasu

請幫我結帳。I'd like to check out, please.

　　「お願いします」是對店家、車站等的服務人員提出要求，或在職場上麻煩同事、合作對象做某件事時，常使用的句型。

基本パターン　基礎句型

〜 、 お願い
　　　onegai

〜 、 お願いします
　　　onegai shimasu

〜 を お願いします
wo　onegai shimasu

基本パターンで言ってみよう！運用基礎句型說說看！

これ、お願い。
Kore onegai

這個麻煩了。
This, please.

サイン、お願いします。
Sain onegai shimasu

麻煩您簽名。
Your signature, please.

チケットを2枚、お願いします。
Chiketto wo nimai onegai shimasu

請給我兩張票。
Two tickets, please.

ビールを2本、お願いします。
Biru wo nihon onegai shimasu

麻煩來兩瓶啤酒。
Two beers, please.

日替わり定食、お願いします。
Higawari teishoku onegai shimasu

麻煩給我今日特餐。
Today's special, please.

資料の確認をお願いします。
Shiryou no kakunin wo onegai shimasu

請確認資料。
Please check the documents.

70

～をください
～ wo kudasai

お願い之外，也可以用這句

基本フレーズ　基礎短句

領収書を ください。
Ryoushuusho wo kudasai

請給我收據。Please give me a receipt.

「～をください」與句型 69 一樣，是在店家、車站或職場上提出要求時的慣用句。

基本パターン　基礎句型

～ を くださいください
　　 wo 　kudasai

基本パターンで言ってみよう！運用基礎句型說說看！

お水を ください。
Omizu wo kudasai

請給我一杯水。
Please give me a glass of water.

資料を ください。
Shiryou wo kudasai

請給我資料。
Please give me the documents.

返事を ください。
Henji wo kudasai

請給我回覆。
Please reply.

連絡を ください。
Renraku wo kudasai

請跟我聯絡。
Please contact me.

証明書を ください。
Shoumeisho wo kudasai

請給我證明書。
Please issue a certificate.

休みを ください。
Yasumi wo kudasai

請讓我休假。
Please let me have a day off.

71

〜してください
〜 shite kudasai

想請對方做某件事，這樣說

MP3

基礎(き ほん)フレーズ 基礎短句

連絡先(れん らく さき)を 書(か)いてください。
Renrakusaki wo kaite kudasai

請寫一下聯絡方式。Please write down your contact information.

「〜してください」用於向對方表達請求。

基本(き ほん)パターン 基礎句型

〜 してください
shite kudasai

214

基本パターンで言ってみよう！ **運用基礎句型說說看！**

お店を 予約してください。
Omise wo yoyakushite kudasai

請預約餐廳。
Please make a reservation at the restaurant.

学校に 連絡してください。
Gakkou ni renrakushite kudasai

請聯絡學校。
Please contact the school.

使い方を 教えてください。
Tsukaikata wo oshiete kudasai

請教我怎麼使用。
Please tell me how to use it.

お金を 貸してください。
Okane wo kashite kudasai

請借我錢。
Please lend me money.

来週、ここに 来てください。
Raishuu koko ni kite kudasai

下週請來這裡。
Please come here next week.

この 薬を 飲んでください。
Kono kusuri wo nonde kudasai

請吃這個藥。
Please take this medicine.

72

〜していただけませんか？
〜 shite itadakemasenka

拜託對方幫忙的禮貌說法

基本フレーズ　基礎短句

MP3

街を　案内していただけませんか？
Machi wo annaishite itadakemasenka

可以帶我到處逛逛嗎？ Could you show me around the city?

「〜していただけませんか？」是有事想拜託對方幫忙時的禮貌說法。

基本パターン　基礎句型

〜　していただけませんか ？
shite itadakemasenka

基本パターンで言ってみよう！運用基礎句型說說看！

手伝っていただけませんか？
Tetsudatte itadakemasenka

可以請您幫忙嗎？
Could you help me?

道を 教えていただけませんか？
Michi wo oshiete itadakemasenka

可以告訴我路怎麼走嗎？
Could you tell me the way?

荷物を 持っていただけませんか？
Nimotsu wo motte itadakemasenka

可以請您幫我拿行李嗎？
Could you carry my luggage?

写真を 撮っていただけませんか？
Shashin wo totte itadakemasenka

可以請您幫我拍照嗎？
Could you take a picture for me?

お金を 貸していただけませんか？
Okane wo kashite itadakemasenka

可以拜託您借我錢嗎？
Could you lend me some money?

明日、 会っていただけませんか？
Ashita atte itadakemasenka

明天可以見個面嗎？
Could we meet tomorrow?

附録

—— よく使う動詞のリスト ——
常用動詞

グループ 1 ● 第一類動詞（五段動詞）

原形 （辞書形）	羅馬拼音／中文翻譯		現在式及未來式	
			肯定 （丁寧体）	否定 （丁寧体）
会う	au	見面	会います	会いません
愛する	aisuru	愛	愛します	愛しません
開く	aku	開	開きます	開きません
遊ぶ	asobu	遊玩	遊びます	遊びません
謝る	ayamaru	道歉	謝ります	謝りません
洗う	arau	洗	洗います	洗いません
ある	aru	在、有	あります	ありません
歩く	aruku	走路	歩きます	歩きません
言う	iu	說	言います	言いません
行く	iku	去	行きます	行きません
頂く	itadaku	領受	頂きます	頂きません
動く	ugoku	動	動きます	動きません
歌う	utau	唱	歌います	歌いません
移す	utsusu	挪、搬	移します	移しません
写す	utsusu	抄寫	写します	写しません

※丁寧体<ruby>てい</ruby>使用上較為禮貌，一般對話中較常使用；
若是跟較親近的人對話時，則可以用普通体。

	過去式		
否定 （普通体）	肯定 （丁寧体）	肯定 （普通体）	否定 （普通体）
会わない	会いました	会った	会わなかった
愛さない	愛しました	愛した	愛さなかった
開かない	開きました	開いた	開かなかった
遊ばない	遊びました	遊んだ	遊ばなかった
謝らない	謝りました	謝った	謝らなかった
洗わない	洗いました	洗った	洗わなかった
ない	ありました	あった	なかった
歩かない	歩きました	歩いた	歩かなかった
言わない	言いました	言った	言わなかった
行かない	行きました	行った	行かなかった
頂かない	頂きました	頂いた	頂かなかった
動かない	動きました	動いた	動かなかった
歌わない	歌いました	歌った	歌わなかった
移さない	移しました	移した	移さなかった
写さない	写しました	写した	写さなかった

原形 (辞書形) (じ しょけい)	羅馬拼音／中文翻譯		現在式及未來式	
			肯定 （丁寧体） ていねいたい	否定 （丁寧体） ていねいたい
選ぶ えら	erabu	選擇	選びます えら	選びません えら
置く お	oku	放置	置きます お	置きません お
送る おく	okuru	送	送ります おく	送りません おく
行う おこな	okonau	舉行	行います おこな	行いません おこな
怒る おこ	okoru	生氣	怒ります おこ	怒りません おこ
押す お	osu	按壓	押します お	押しません お
踊る おど	odoru	跳舞	踊ります おど	踊りません おど
驚く おどろ	odoroku	驚訝	驚きます おどろ	驚きません おどろ
思う おも	omou	想	思います おも	思いません おも
泳ぐ およ	oyogu	游泳	泳ぎます およ	泳ぎません およ
終わる お	owaru	結束	終わります お	終わりません お
買う か	kau	買	買います か	買いません か
返す かえ	kaesu	歸還	返します かえ	返しません かえ
帰る かえ	kaeru	回歸	帰ります かえ	帰りません かえ
書く か	kaku	寫	書きます か	書きません か
貸す か	kasu	借出	貸します か	貸しません か
通う かよ	kayou	往來	通います かよ	通いません かよ
渇く かわ	kawaku	渴	渇きます かわ	渇きません かわ
聞く き	kiku	聽	聞きます き	聞きません き
切る き	kiru	切	切ります き	切りません き

否定 （普通体）	過去式		
否定 （普通体）	肯定 （丁寧体）	肯定 （普通体）	否定 （普通体）
選ばない	選びました	選んだ	選ばなかった
置かない	置きました	置いた	置かなかった
送らない	送りました	送った	送らなかった
行わない	行いました	行った	行わなかった
怒らない	怒りました	怒った	怒らなかった
押さない	押しました	押した	押さなかった
踊らない	踊りました	踊った	踊らなかった
驚かない	驚きました	驚いた	驚かなかった
思わない	思いました	思った	思わなかった
泳がない	泳ぎました	泳いだ	泳がなかった
終わらない	終わりました	終わった	終わらなかった
買わない	買いました	買った	買わなかった
返さない	返しました	返した	返さなかった
帰らない	帰りました	帰った	帰らなかった
書かない	書きました	書いた	書かなかった
貸さない	貸しました	貸した	貸さなかった
通わない	通いました	通った	通わなかった
渇かない	渇きました	渇いた	渇かなかった
聞かない	聞きました	聞いた	聞かなかった
切らない	切りました	切った	切らなかった

原形 （辞書形）	羅馬拼音／中文翻譯		現在式及未來式	
			肯定 （丁寧体）	否定 （丁寧体）
消す	kesu	關掉、消除	消します	消しません
困る	komaru	困擾	困ります	困りません
混む	komu	擁擠、混亂	混みます	混みません
壊す	kowasu	弄壞	壊します	壊しません
探す	sagasu	尋找	探します	探しません
誘う	sasou	邀約	誘います	誘いません
騒ぐ	sawagu	吵鬧	騒ぎます	騒ぎません
触る	sawaru	碰觸	触ります	触りません
叱る	shikaru	斥責	叱ります	叱りません
死ぬ	shinu	死	死にます	死にません
閉まる	shimaru	關	閉まります	閉まりません
知る	shiru	知道	知ります	知りません
座る	suwaru	坐	座ります	座りません
出す	dasu	拿出	出します	出しません
立つ	tatsu	站	立ちます	立ちません
頼む	tanomu	拜託	頼みます	頼みません
違う	chigau	不同	違います	違いません
使う	tsukau	使用	使います	使いません
着く	tsuku	到達	着きます	着きません
手伝う	tetsudau	幫忙	手伝います	手伝いません

	過去式		
否定 （普通体）	肯定 （丁寧体）	肯定 （普通体）	否定 （普通体）
消さない	消しました	消した	消さなかった
困らない	困りました	困った	困らなかった
混まない	混みました	混んだ	混まなかった
壊さない	壊しました	壊した	壊さなかった
探さない	探しました	探した	探さなかった
誘わない	誘いました	誘った	誘わなかった
騒がない	騒ぎました	騒いだ	騒がなかった
触らない	触りました	触った	触らなかった
叱らない	叱りました	叱った	叱らなかった
死なない	死にました	死んだ	死ななかった
閉まらない	閉まりました	閉まった	閉まらなかった
知らない	知りました	知った	知らなかった
座らない	座りました	座った	座らなかった
出さない	出しました	出した	出さなかった
立たない	立ちました	立った	立たなかった
頼まない	頼みました	頼んだ	頼まなかった
違わない	違いました	違った	違わなかった
使わない	使いました	使った	使わなかった
着かない	着きました	着いた	着かなかった
手伝わない	手伝いました	手伝った	手伝わなかった

原形 （辞書形）	羅馬拼音／中文翻譯		現在式及未來式	
			肯定 （丁寧体）	否定 （丁寧体）
通る	tooru	通過	通ります	通りません
止まる	tomaru	停止	止まります	止まりません
取る	toru	拿取	取ります	取りません
撮る	toru	拍照	撮ります	撮りません
泣く	naku	哭泣	泣きます	泣きません
なる	naru	成為	なります	なりません
脱ぐ	nugu	脱掉	脱ぎます	脱ぎません
盗む	nusumu	偷竊	盗みます	盗みません
残る	nokoru	剩下	残ります	残りません
飲む	nomu	喝	飲みます	飲みません
乗る	noru	搭乘	乗ります	乗りません
入る	hairu	進入	入ります	入りません
運ぶ	hakobu	運送	運びます	運びません
走る	hashiru	跑	走ります	走りません
働く	hataraku	工作	働きます	働きません
話す	hanasu	說話	話します	話しません
払う	harau	支付	払います	払いません
開く	hiraku	打開	開きます	開きません
拾う	hirou	撿拾	拾います	拾いません
降る	furu	降下	降ります	降りません

	過去式		
否定 （普通体）	肯定 （丁寧体）	肯定 （普通体）	否定 （普通体）
通_{とお}らない	通_{とお}りました	通_{とお}った	通_{とお}らなかった
止_とまらない	止_とまりました	止_とまった	止_とまらなかった
取_とらない	取_とりました	取_とった	取_とらなかった
撮_とらない	撮_とりました	撮_とった	撮_とらなかった
泣_なかない	泣_なきました	泣_ないた	泣_なかなかった
ならない	なりました	なった	ならなかった
脱_ぬがない	脱_ぬぎました	脱_ぬいだ	脱_ぬがなかった
盗_{ぬす}まない	盗_{ぬす}みました	盗_{ぬす}んだ	盗_{ぬす}まなかった
残_{のこ}らない	残_{のこ}りました	残_{のこ}った	残_{のこ}らなかった
飲_のまない	飲_のみました	飲_のんだ	飲_のまなかった
乗_のらない	乗_のりました	乗_のった	乗_のらなかった
入_{はい}らない	入_{はい}りました	入_{はい}った	入_{はい}らなかった
運_{はこ}ばない	運_{はこ}びました	運_{はこ}んだ	運_{はこ}ばなかった
走_{はし}らない	走_{はし}りました	走_{はし}った	走_{はし}らなかった
働_{はたら}かない	働_{はたら}きました	働_{はたら}いた	働_{はたら}かなかった
話_{はな}さない	話_{はな}しました	話_{はな}した	話_{はな}さなかった
払_{はら}わない	払_{はら}いました	払_{はら}った	払_{はら}わなかった
開_{ひら}かない	開_{ひら}きました	開_{ひら}いた	開_{ひら}かなかった
拾_{ひろ}わない	拾_{ひろ}いました	拾_{ひろ}った	拾_{ひろ}わなかった
降_ふらない	降_ふりました	降_ふった	降_ふらなかった

原形 (辞書形)	羅馬拼音／中文翻譯		現在式及未來式	
			肯定 (丁寧体)	否定 (丁寧体)
減る	heru	減少	減ります	減りません
待つ	matsu	等待	待ちます	待ちません
持つ	motsu	拿、持有	持ちます	持ちません
戻る	modoru	返回	戻ります	戻りません
もらう	morau	領受	もらいます	もらいません
休む	yasumu	休息	休みます	休みません
やる	yaru	做	やります	やりません
呼ぶ	yobu	叫喚	呼びます	呼びません
読む	yomu	閱讀	読みます	読みません
喜ぶ	yorokobu	歡喜	喜びます	喜びません
わかる	wakaru	了解	わかります	わかりません
笑う	warau	笑	笑います	笑いません
割る	waru	分割	割ります	割りません

グループ 2 ● 第二類動詞（上、下一段動詞）

原形 (辞書形)	羅馬拼音／中文翻譯		現在式及未來式	
			肯定 (丁寧体)	否定 (丁寧体)
開ける	akeru	開	開けます	開けません
集める	atsumeru	集合、蒐集	集めます	集めません

	過去式		
否定 （普通体）	肯定 （丁寧体）	肯定 （普通体）	否定 （普通体）
減らない	減りました	減った	減らなかった
待たない	待ちました	待った	待たなかった
持たない	持ちました	持った	持たなかった
戻らない	戻りました	戻った	戻らなかった
もらわない	もらいました	もらった	もらわなかった
休まない	休みました	休んだ	休まなかった
やらない	やりました	やった	やらなかった
呼ばない	呼びました	呼んだ	呼ばなかった
読まない	読みました	読んだ	読まなかった
喜ばない	喜びました	喜んだ	喜ばなかった
わからない	わかりました	わかった	わからなかった
笑わない	笑いました	笑った	笑わなかった
割らない	割りました	割った	割らなかった

	過去式		
否定 （普通体）	肯定 （丁寧体）	肯定 （普通体）	否定 （普通体）
開けない	開けました	開けた	開けなかった
集めない	集めました	集めた	集めなかった

原形 （辞書形）	羅馬拼音／中文翻譯		現在式及未來式	
			肯定 （丁寧体）	否定 （丁寧体）
いる	iru	在、有	います	いません
入れる	ireru	放入	入れます	入れません
受ける	ukeru	接受	受けます	受けません
起きる	okiru	起床	起きます	起きません
遅れる	okureru	遲到	遅れます	遅れません
教える	oshieru	教導	教えます	教えません
落ちる	ochiru	掉落	落ちます	落ちません
覚える	oboeru	記住	覚えます	覚えません
降りる	oriru	下來	降ります	降りません
変える	kaeru	改變	変えます	変えません
かける	kakeru	掛上、戴上	かけます	かけません
借りる	kariru	借入	借ります	借りません
決める	kimeru	決定	決めます	決めません
きる	kiru	穿	きます	きません
比べる	kuraberu	比較	比べます	比べません
答える	kotaeru	回答	答えます	答えません
閉める	shimeru	關	閉めます	閉めません
調べる	shiraberu	調查	調べます	調べません
捨てる	suteru	丟棄	捨てます	捨てません
育てる	sodateru	培育	育てます	育てません

| 否定
(普通体) | 過去式 | | |
	肯定 (丁寧体)	肯定 (普通体)	否定 (普通体)
いない	いました	いた	いなかった
入れない	入れました	入れた	入れなかった
受けない	受けました	受けた	受けなかった
起きない	起きました	起きた	起きなかった
遅れない	遅れました	遅れた	遅れなかった
教えない	教えました	教えた	教えなかった
落ちない	落ちました	落ちた	落ちなかった
覚えない	覚えました	覚えた	覚えなかった
降りない	降りました	降りた	降りなかった
変えない	変えました	変えた	変えなかった
かけない	かけました	かけた	かけなかった
借りない	借りました	借りた	借りなかった
決めない	決めました	決めた	決めなかった
きない	きました	きた	きなかった
比べない	比べました	比べた	比べなかった
答えない	答えました	答えた	答えなかった
閉めない	閉めました	閉めた	閉めなかった
調べない	調べました	調べた	調べなかった
捨てない	捨てました	捨てた	捨てなかった
育てない	育てました	育てた	育てなかった

原形 （辞書形） （じしょけい）	羅馬拼音／中文翻譯		現在式及未來式		
			肯定 （丁寧体） （ていねいたい）	否定 （丁寧体） （ていねいたい）	
建てる	tateru	建立	建てます	建てません	
食べる	taberu	吃	食べます	食べません	
足りる	tariru	足夠	足ります	足りません	
付ける	tsukeru	裝上、配戴	付けます	付けません	
伝える	tsutaeru	傳達	伝えます	伝えません	
できる	dekiru	做好、能夠	できます	できません	
出る	deru	出去、出現	出ます	出ません	
届ける	todokeru	送交	届けます	届けません	
止める	tomeru	停止	止めます	止めません	
慣れる	nareru	習慣	慣れます	慣れません	
逃げる	nigeru	逃跑	逃げます	逃げません	
寝る	neru	睡覺	寝ます	寝ません	
始める	hajimeru	開始	始めます	始めません	
増える	fueru	增加	増えます	増えません	
ほめる	homeru	稱讚	ほめます	ほめません	
見える	mieru	看得見	見えます	見えません	
見せる	miseru	出示	見せます	見せません	
見る	miru	看	見ます	見ません	
止める	yameru	停止	止めます	止めません	
別れる	wakareru	分離	別れます	別れません	
忘れる	wasureru	忘記	忘れます	忘れません	

	過去式		
否定 (普通体)	肯定 (丁寧体)	肯定 (普通体)	否定 (普通体)
建てない	建てました	建てた	建てなかった
食べない	食べました	食べた	食べなかった
足りない	足りました	足りた	足りなかった
付けない	付けました	付けた	付けなかった
伝えない	伝えました	伝えた	伝えなかった
できない	できました	できた	できなかった
出ない	出ました	出た	出なかった
届けない	届けました	届けた	届けなかった
止めない	止めました	止めた	止めなかった
慣れない	慣れました	慣れた	慣れなかった
逃げない	逃げました	逃げた	逃げなかった
寝ない	寝ました	寝た	寝なかった
始めない	始めました	始めた	始めなかった
増えない	増えました	増えた	増えなかった
ほめない	ほめました	ほめた	ほめなかった
見えない	見えました	見えた	見えなかった
見せない	見せました	見せた	見せなかった
見ない	見ました	見た	見なかった
止めない	止めました	止めた	止めなかった
別れない	別れました	別れた	別れなかった
忘れない	忘れました	忘れた	忘れなかった

グループ3 ● 第三類動詞

原形 (辞書形)	羅馬拼音／中文翻譯		現在式及未來式	
			肯定 (丁寧体)	否定 (丁寧体)
挨拶する	aisatsusuru	打招呼	挨拶します	挨拶しません
案内する	annaisuru	引導、導覽	案内します	案内しません
運転する	untensuru	駕駛、操作	運転します	運転しません
観光する	kankousuru	觀光	観光します	観光しません
感謝する	kanshasuru	感謝	感謝します	感謝しません
来る	kuru	來	来ます	来ません
結婚する	kekkonsuru	結婚	結婚します	結婚しません
交換する	koukansuru	交換	交換します	交換しません
参加する	sankasuru	參加	参加します	参加しません
残業する	zangyousuru	加班	残業します	残業しません
賛成する	sanseisuru	贊成	賛成します	賛成しません
質問する	shitsumonsuru	提問	質問します	質問しません
就職する	shuushokusuru	就職	就職します	就職しません
修理する	shuurisuru	修理	修理します	修理しません
出席する	shussekisuru	出席	出席します	出席しません
出張する	shucchousuru	出差	出張します	出張しません
出発する	shuppatsusuru	出發	出発します	出発しません
準備する	junbisuru	準備	準備します	準備しません
紹介する	shoukaisuru	介紹	紹介します	紹介しません

	過去式		
否定 （普通体）	肯定 （丁寧体）	肯定 （普通体）	否定 （普通体）
<ruby>挨拶<rt>あいさつ</rt></ruby>しない	<ruby>挨拶<rt>あいさつ</rt></ruby>しました	<ruby>挨拶<rt>あいさつ</rt></ruby>した	<ruby>挨拶<rt>あいさつ</rt></ruby>しなかった
<ruby>案内<rt>あんない</rt></ruby>しない	<ruby>案内<rt>あんない</rt></ruby>しました	<ruby>案内<rt>あんない</rt></ruby>した	<ruby>案内<rt>あんない</rt></ruby>しなかった
<ruby>運転<rt>うんてん</rt></ruby>しない	<ruby>運転<rt>うんてん</rt></ruby>しました	<ruby>運転<rt>うんてん</rt></ruby>した	<ruby>運転<rt>うんてん</rt></ruby>しなかった
<ruby>観光<rt>かんこう</rt></ruby>しない	<ruby>観光<rt>かんこう</rt></ruby>しました	<ruby>観光<rt>かんこう</rt></ruby>した	<ruby>観光<rt>かんこう</rt></ruby>しなかった
<ruby>感謝<rt>かんしゃ</rt></ruby>しない	<ruby>感謝<rt>かんしゃ</rt></ruby>しました	<ruby>感謝<rt>かんしゃ</rt></ruby>した	<ruby>感謝<rt>かんしゃ</rt></ruby>しなかった
<ruby>来<rt>こ</rt></ruby>ない	<ruby>来<rt>き</rt></ruby>ました	<ruby>来<rt>き</rt></ruby>た	<ruby>来<rt>こ</rt></ruby>なかった
<ruby>結婚<rt>けっこん</rt></ruby>しない	<ruby>結婚<rt>けっこん</rt></ruby>しました	<ruby>結婚<rt>けっこん</rt></ruby>した	<ruby>結婚<rt>けっこん</rt></ruby>しなかった
<ruby>交換<rt>こうかん</rt></ruby>しない	<ruby>交換<rt>こうかん</rt></ruby>しました	<ruby>交換<rt>こうかん</rt></ruby>した	<ruby>交換<rt>こうかん</rt></ruby>しなかった
<ruby>参加<rt>さんか</rt></ruby>しない	<ruby>参加<rt>さんか</rt></ruby>しました	<ruby>参加<rt>さんか</rt></ruby>した	<ruby>参加<rt>さんか</rt></ruby>しなかった
<ruby>残業<rt>ざんぎょう</rt></ruby>しない	<ruby>残業<rt>ざんぎょう</rt></ruby>しました	<ruby>残業<rt>ざんぎょう</rt></ruby>した	<ruby>残業<rt>ざんぎょう</rt></ruby>しなかった
<ruby>賛成<rt>さんせい</rt></ruby>しない	<ruby>賛成<rt>さんせい</rt></ruby>しました	<ruby>賛成<rt>さんせい</rt></ruby>した	<ruby>賛成<rt>さんせい</rt></ruby>しなかった
<ruby>質問<rt>しつもん</rt></ruby>しない	<ruby>質問<rt>しつもん</rt></ruby>しました	<ruby>質問<rt>しつもん</rt></ruby>した	<ruby>質問<rt>しつもん</rt></ruby>しなかった
<ruby>就職<rt>しゅうしょく</rt></ruby>しない	<ruby>就職<rt>しゅうしょく</rt></ruby>しました	<ruby>就職<rt>しゅうしょく</rt></ruby>した	<ruby>就職<rt>しゅうしょく</rt></ruby>しなかった
<ruby>修理<rt>しゅうり</rt></ruby>しない	<ruby>修理<rt>しゅうり</rt></ruby>しました	<ruby>修理<rt>しゅうり</rt></ruby>した	<ruby>修理<rt>しゅうり</rt></ruby>しなかった
<ruby>出席<rt>しゅっせき</rt></ruby>しない	<ruby>出席<rt>しゅっせき</rt></ruby>しました	<ruby>出席<rt>しゅっせき</rt></ruby>した	<ruby>出席<rt>しゅっせき</rt></ruby>しなかった
<ruby>出張<rt>しゅっちょう</rt></ruby>しない	<ruby>出張<rt>しゅっちょう</rt></ruby>しました	<ruby>出張<rt>しゅっちょう</rt></ruby>した	<ruby>出張<rt>しゅっちょう</rt></ruby>しなかった
<ruby>出発<rt>しゅっぱつ</rt></ruby>しない	<ruby>出発<rt>しゅっぱつ</rt></ruby>しました	<ruby>出発<rt>しゅっぱつ</rt></ruby>した	<ruby>出発<rt>しゅっぱつ</rt></ruby>しなかった
<ruby>準備<rt>じゅんび</rt></ruby>しない	<ruby>準備<rt>じゅんび</rt></ruby>しました	<ruby>準備<rt>じゅんび</rt></ruby>した	<ruby>準備<rt>じゅんび</rt></ruby>しなかった
<ruby>紹介<rt>しょうかい</rt></ruby>しない	<ruby>紹介<rt>しょうかい</rt></ruby>しました	<ruby>紹介<rt>しょうかい</rt></ruby>した	<ruby>紹介<rt>しょうかい</rt></ruby>しなかった

原形 （辞書形）	羅馬拼音／中文翻譯		現在式及未來式	
			肯定 （丁寧体）	否定 （丁寧体）
する	suru	做	します	しません
説明する	setsumeisuru	說明	説明します	説明しません
洗濯する	sentakusuru	洗衣服	洗濯します	洗濯しません
掃除する	soujisuru	打掃	掃除します	掃除しません
相談する	soudansuru	商量	相談します	相談しません
注意する	chuuisuru	注意、提醒	注意します	注意しません
注文する	chuumonsuru	訂購、點餐	注文します	注文しません
電話する	denwasuru	致電	電話します	電話しません
到着する	touchakusuru	到達	到着します	到着しません
勉強する	benkyousuru	學習	勉強します	勉強しません
返事する	henjisuru	回覆	返事します	返事しません
約束する	yakusokusuru	約定	約束します	約束しません
用意する	youisuru	準備	用意します	用意しません
予約する	yoyakusuru	預約	予約します	予約しません
留学する	ryuugakusuru	留學	留学します	留学しません
利用する	riyousuru	利用	利用します	利用しません
料理する	ryourisuru	做菜	料理します	料理しません
旅行する	ryokousuru	旅行	旅行します	旅行しません
練習する	renshuusuru	練習	練習します	練習しません
連絡する	renrakusuru	聯絡	連絡します	連絡しません

否定 （普通体）	肯定 （丁寧体）	過去式	
		肯定 （普通体）	否定 （普通体）
しない	しました	した	しなかった
説明しない	説明しました	説明した	説明しなかった
洗濯しない	洗濯しました	洗濯した	洗濯しなかった
掃除しない	掃除しました	掃除した	掃除しなかった
相談しない	相談しました	相談した	相談しなかった
注意しない	注意しました	注意した	注意しなかった
注文しない	注文しました	注文した	注文しなかった
電話しない	電話しました	電話した	電話しなかった
到着しない	到着しました	到着した	到着しなかった
勉強しない	勉強しました	勉強した	勉強しなかった
返事しない	返事しました	返事した	返事しなかった
約束しない	約束しました	約束した	約束しなかった
用意しない	用意しました	用意した	用意しなかった
予約しない	予約しました	予約した	予約しなかった
留学しない	留学しました	留学した	留学しなかった
利用しない	利用しました	利用した	利用しなかった
料理しない	料理しました	料理した	料理しなかった
旅行しない	旅行しました	旅行した	旅行しなかった
練習しない	練習しました	練習した	練習しなかった
連絡しない	連絡しました	連絡した	連絡しなかった

よく使う形容詞のリスト

常用形容詞

● い形容詞

原形 (辞書形)	羅馬拼音／中文翻譯		現在式及未來式	
			肯定 (丁寧体)	否定 (丁寧体)
青い	aoi	藍的	青いです	青くないです
赤い	akai	紅的	赤いです	赤くないです
明るい	akarui	明亮的	明るいです	明るくないです
浅い	asai	淺的	浅いです	浅くないです
暖かい	atatakai	暖和的	暖かいです	暖かくないです
温かい	atatakai	溫熱的	温かいです	温かくないです
新しい	atarashii	新的	新しいです	新しくないです
暑い	atsui	炎熱的	暑いです	暑くないです
熱い	atsui	熱燙的	熱いです	熱くないです
危ない	abunai	危險的	危ないです	危なくないです
甘い	amai	甜的	甘いです	甘くないです
いい	ii	好的	いいです	よくないです
忙しい	isogashii	忙碌的	忙しいです	忙しくないです
痛い	itai	痛的	痛いです	痛くないです

	過去式		
否定 （普通体）	肯定 （丁寧体）	肯定 （普通体）	否定 （普通体）
青くない	青かったです	青かった	青くなかった
赤くない	赤かったです	赤かった	赤くなかった
明るくない	明るかったです	明るかった	明るくなかった
浅くない	浅かったです	浅かった	浅くなかった
暖かくない	暖かかったです	暖かかった	暖かくなかった
温かくない	温かかったです	温かかった	温かくなかった
新しくない	新しかったです	新しかった	新しくなかった
暑くない	暑かったです	暑かった	暑くなかった
熱くない	熱かったです	熱かった	熱くなかった
危なくない	危なかったです	危なかった	危なくなかった
甘くない	甘かったです	甘かった	甘くなかった
よくない	よかったです	よかった	よくなかった
忙しくない	忙しかったです	忙しかった	忙しくなかった
痛くない	痛かったです	痛かった	痛くなかった

原形 （辞書形<ruby>じ<rt></rt></ruby><ruby>しょけい<rt></rt></ruby>）	羅馬拼音／中文翻譯		現在式及未來式	
			肯定 （丁寧体<ruby>ていねいたい<rt></rt></ruby>）	否定 （丁寧体<ruby>ていねいたい<rt></rt></ruby>）
薄<ruby>うす<rt></rt></ruby>い	usui	薄、淡的	薄<ruby>うす<rt></rt></ruby>いです	薄<ruby>うす<rt></rt></ruby>くないです
美<ruby>うつく<rt></rt></ruby>しい	utsukushii	美的	美<ruby>うつく<rt></rt></ruby>しいです	美<ruby>うつく<rt></rt></ruby>しくないです
うまい	umai	美味的	うまいです	うまくないです
うるさい	urusai	吵、煩人的	うるさいです	うるさくないです
うれしい	ureshii	開心的	うれしいです	うれしくないです
おいしい	oishii	美味的	おいしいです	おいしくないです
多<ruby>おお<rt></rt></ruby>い	ooi	多的	多<ruby>おお<rt></rt></ruby>いです	多<ruby>おお<rt></rt></ruby>くないです
大<ruby>おお<rt></rt></ruby>きい	ookii	大的	大<ruby>おお<rt></rt></ruby>きいです	大<ruby>おお<rt></rt></ruby>きくないです
遅<ruby>おそ<rt></rt></ruby>い	osoi	慢的	遅<ruby>おそ<rt></rt></ruby>いです	遅<ruby>おそ<rt></rt></ruby>くないです
重<ruby>おも<rt></rt></ruby>い	omoi	重的	重<ruby>おも<rt></rt></ruby>いです	重<ruby>おも<rt></rt></ruby>くないです
面白<ruby>おもしろ<rt></rt></ruby>い	omoshiroi	有趣的	面白<ruby>おもしろ<rt></rt></ruby>いです	面白<ruby>おもしろ<rt></rt></ruby>くないです
固<ruby>かた<rt></rt></ruby>い	katai	穩固、頑固的	固<ruby>かた<rt></rt></ruby>いです	固<ruby>かた<rt></rt></ruby>くないです
悲<ruby>かな<rt></rt></ruby>しい	kanashii	悲傷的	悲<ruby>かな<rt></rt></ruby>しいです	悲<ruby>かな<rt></rt></ruby>しくないです
辛<ruby>から<rt></rt></ruby>い	karai	辣的	辛<ruby>から<rt></rt></ruby>いです	辛<ruby>から<rt></rt></ruby>くないです
軽<ruby>かる<rt></rt></ruby>い	karui	輕的	軽<ruby>かる<rt></rt></ruby>いです	軽<ruby>かる<rt></rt></ruby>くないです
かわいい	kawaii	可愛的	かわいいです	かわいくないです
黄色<ruby>きいろ<rt></rt></ruby>い	kiiroi	黃色的	黄色<ruby>きいろ<rt></rt></ruby>いです	黄色<ruby>きいろ<rt></rt></ruby>くないです
汚<ruby>きたな<rt></rt></ruby>い	kitanai	髒的	汚<ruby>きたな<rt></rt></ruby>いです	汚<ruby>きたな<rt></rt></ruby>くないです
厳<ruby>きび<rt></rt></ruby>しい	kibishii	嚴格的	厳<ruby>きび<rt></rt></ruby>しいです	厳<ruby>きび<rt></rt></ruby>しくないです

	過去式		
否定 (普通体)	肯定 (丁寧体)	肯定 (普通体)	否定 (普通体)
薄くない	薄かったです	薄かった	薄くなかった
美しくない	美しかったです	美しかった	美しくなかった
うまくない	うまかったです	うまかった	うまくなかった
うるさくない	うるさかったです	うるさかった	うるさくなかった
うれしくない	うれしかったです	うれしかった	うれしくなかった
おいしくない	おいしかったです	おいしかった	おいしくなかった
多くない	多かったです	多かった	多くなかった
大きくない	大きかったです	大きかった	大きくなかった
遅くない	遅かったです	遅かった	遅くなかった
重くない	重かったです	重かった	重くなかった
面白くない	面白かったです	面白かった	面白くなかった
固くない	固かったです	固かった	固くなかった
悲しくない	悲しかったです	悲しかった	悲しくなかった
辛くない	辛かったです	辛かった	辛くなかった
軽くない	軽かったです	軽かった	軽くなかった
かわいくない	かわいかったです	かわいかった	かわいくなかった
黄色くない	黄色かったです	黄色かった	黄色くなかった
汚くない	汚かったです	汚かった	汚くなかった
厳しくない	厳しかったです	厳しかった	厳しくなかった

原形 （辞書形）	羅馬拼音／中文翻譯		現在式及未來式	
			肯定 （丁寧体）	否定 （丁寧体）
暗い	kurai	暗的	暗いです	暗くないです
黒い	kuroi	黑的	黒いです	黒くないです
濃い	koi	濃的	濃いです	濃くないです
細かい	komakai	詳細的	細かいです	細かくないです
こわい	kowai	可怕的	こわいです	こわくないです
寂しい	sabishii	寂寞的	寂しいです	寂しくないです
寒い	samui	冷的	寒いです	寒くないです
白い	shiroi	白的	白いです	白くないです
少ない	sukunai	少的	少ないです	少なくないです
すごい	sugoi	了不起的	すごいです	すごくないです
涼しい	suzushii	涼爽的	涼しいです	涼しくないです
狭い	semai	狹窄的	狭いです	狭くないです
高い	takai	高的、貴的	高いです	高くないです
正しい	tadashii	正確的	正しいです	正しくないです
楽しい	tanoshii	愉快的	楽しいです	楽しくないです
小さい	chiisai	小的	小さいです	小さくないです
近い	chikai	近的	近いです	近くないです
冷たい	tsumetai	冷的、冷漠的	冷たいです	冷たくないです
強い	tsuyoi	強的	強いです	強くないです

	過去式		
否定 （普通体）	肯定 （丁寧体）	肯定 （普通体）	否定 （普通体）
暗くない	暗かったです	暗かった	暗くなかった
黒くない	黒かったです	黒かった	黒くなかった
濃くない	濃かったです	濃かった	濃くなかった
細かくない	細かかったです	細かかった	細かくなかった
こわくない	こわかったです	こわかった	こわくなかった
寂しくない	寂しかったです	寂しかった	寂しくなかった
寒くない	寒かったです	寒かった	寒くなかった
白くない	白かったです	白かった	白くなかった
少なくない	少なかったです	少なかった	少なくなかった
すごくない	すごかったです	すごかった	すごくなかった
涼しくない	涼しかったです	涼しかった	涼しくなかった
狭くない	狭かったです	狭かった	狭くなかった
高くない	高かったです	高かった	高くなかった
正しくない	正しかったです	正しかった	正しくなかった
楽しくない	楽しかったです	楽しかった	楽しくなかった
小さくない	小さかったです	小さかった	小さくなかった
近くない	近かったです	近かった	近くなかった
冷たくない	冷たかったです	冷たかった	冷たくなかった
強くない	強かったです	強かった	強くなかった

原形 （辞書形） (じしょけい)	羅馬拼音／中文翻譯		現在式及未來式	
			肯定 （丁寧体） (ていねいたい)	否定 （丁寧体） (ていねいたい)
遠い (とお)	tooi	遠的	遠いです (とお)	遠くないです (とお)
長い (なが)	nagai	長的	長いです (なが)	長くないです (なが)
苦い (にが)	nigai	苦的	苦いです (にが)	苦くないです (にが)
早い (はや)	hayai	早的	早いです (はや)	早くないです (はや)
速い (はや)	hayai	快的	速いです (はや)	速くないです (はや)
低い (ひく)	hikui	低的	低いです (ひく)	低くないです (ひく)
ひどい	hidoi	過分的	ひどいです	ひどくないです
広い (ひろ)	hiroi	寬闊的	広いです (ひろ)	広くないです (ひろ)
深い (ふか)	fukai	深的	深いです (ふか)	深くないです (ふか)
古い (ふる)	furui	古老的	古いです (ふる)	古くないです (ふる)
まずい	mazui	難吃的	まずいです	まずくないです
丸い (まる)	marui	圓的	丸いです (まる)	丸くないです (まる)
短い (みじか)	mijikai	短的	短いです (みじか)	短くないです (みじか)
難しい (むずか)	muzukashii	困難的	難しいです (むずか)	難しくないです (むずか)
珍しい (めずら)	mezurashii	稀奇的	珍しいです (めずら)	珍しくないです (めずら)
優しい (やさ)	yasashii	溫柔的	優しいです (やさ)	優しくないです (やさ)
易しい (やさ)	yasashii	容易的	易しいです (やさ)	易しくないです (やさ)
安い (やす)	yasui	便宜的	安いです (やす)	安くないです (やす)
柔らかい (やわ)	yawarakai	柔軟的	柔らかいです (やわ)	柔らかくないです (やわ)

| 否定
（普通体） | 過去式 | | |
	肯定 （丁寧体）	肯定 （普通体）	否定 （普通体）
遠<ruby>遠<rt>とお</rt></ruby>くない	遠<ruby><rt>とお</rt></ruby>かったです	遠<ruby><rt>とお</rt></ruby>かった	遠<ruby><rt>とお</rt></ruby>くなかった
長<ruby><rt>なが</rt></ruby>くない	長<ruby><rt>なが</rt></ruby>かったです	長<ruby><rt>なが</rt></ruby>かった	長<ruby><rt>なが</rt></ruby>くなかった
苦<ruby><rt>にが</rt></ruby>くない	苦<ruby><rt>にが</rt></ruby>かったです	苦<ruby><rt>にが</rt></ruby>かった	苦<ruby><rt>にが</rt></ruby>くなかった
早<ruby><rt>はや</rt></ruby>くない	早<ruby><rt>はや</rt></ruby>かったです	早<ruby><rt>はや</rt></ruby>かった	早<ruby><rt>はや</rt></ruby>くなかった
速<ruby><rt>はや</rt></ruby>くない	速<ruby><rt>はや</rt></ruby>かったです	速<ruby><rt>はや</rt></ruby>かった	速<ruby><rt>はや</rt></ruby>くなかった
低<ruby><rt>ひく</rt></ruby>くない	低<ruby><rt>ひく</rt></ruby>かったです	低<ruby><rt>ひく</rt></ruby>かった	低<ruby><rt>ひく</rt></ruby>くなかった
ひどくない	ひどかったです	ひどかった	ひどくなかった
広<ruby><rt>ひろ</rt></ruby>くない	広<ruby><rt>ひろ</rt></ruby>かったです	広<ruby><rt>ひろ</rt></ruby>かった	広<ruby><rt>ひろ</rt></ruby>くなかった
深<ruby><rt>ふか</rt></ruby>くない	深<ruby><rt>ふか</rt></ruby>かったです	深<ruby><rt>ふか</rt></ruby>かった	深<ruby><rt>ふか</rt></ruby>くなかった
古<ruby><rt>ふる</rt></ruby>くない	古<ruby><rt>ふる</rt></ruby>かったです	古<ruby><rt>ふる</rt></ruby>かった	古<ruby><rt>ふる</rt></ruby>くなかった
まずくない	まずかったです	まずかった	まずくなかった
丸<ruby><rt>まる</rt></ruby>くない	丸<ruby><rt>まる</rt></ruby>かったです	丸<ruby><rt>まる</rt></ruby>かった	丸<ruby><rt>まる</rt></ruby>くなかった
短<ruby><rt>みじか</rt></ruby>くない	短<ruby><rt>みじか</rt></ruby>かったです	短<ruby><rt>みじか</rt></ruby>かった	短<ruby><rt>みじか</rt></ruby>くなかった
難<ruby><rt>むずか</rt></ruby>しくない	難<ruby><rt>むずか</rt></ruby>しかったです	難<ruby><rt>むずか</rt></ruby>しかった	難<ruby><rt>むずか</rt></ruby>しくなかった
珍<ruby><rt>めずら</rt></ruby>しくない	珍<ruby><rt>めずら</rt></ruby>しかったです	珍<ruby><rt>めずら</rt></ruby>しかった	珍<ruby><rt>めずら</rt></ruby>しくなかった
優<ruby><rt>やさ</rt></ruby>しくない	優<ruby><rt>やさ</rt></ruby>しかったです	優<ruby><rt>やさ</rt></ruby>しかった	優<ruby><rt>やさ</rt></ruby>しくなかった
易<ruby><rt>やさ</rt></ruby>しくない	易<ruby><rt>やさ</rt></ruby>しかったです	易<ruby><rt>やさ</rt></ruby>しかった	易<ruby><rt>やさ</rt></ruby>しくなかった
安<ruby><rt>やす</rt></ruby>くない	安<ruby><rt>やす</rt></ruby>かったです	安<ruby><rt>やす</rt></ruby>かった	安<ruby><rt>やす</rt></ruby>くなかった
柔<ruby><rt>やわ</rt></ruby>らかくない	柔<ruby><rt>やわ</rt></ruby>らかかったです	柔<ruby><rt>やわ</rt></ruby>らかかった	柔<ruby><rt>やわ</rt></ruby>らかくなかった

原形 （辞書形）	羅馬拼音／中文翻譯	現在式及未來式	
		肯定 （丁寧体）	否定 （丁寧体）
弱い	yowai　　弱的	弱いです	弱くないです
若い	wakai　　年輕的	若いです	若くないです
悪い	warui　　壞的	悪いです	悪くないです

● な形容詞

原形 （辞書形）	羅馬拼音／中文翻譯	現在式及未來式	
		肯定 （丁寧体）	否定 （丁寧体）
安全（な）	anzen(na)　　安全的	安全です	安全では ありません
いや（な）	iya(na)　　討厭的	いやです	いやでは ありません
簡単（な）	kantan(na)　　簡單的	簡単です	簡単では ありません
危険（な）	kiken(na)　　危險的	危険です	危険では ありません
嫌い（な）	kirai(na)　　厭惡的	嫌いです	嫌いでは ありません
きれい（な）	kirei(na)　　漂亮、乾淨的	きれいです	きれいでは ありません
元気（な）	genki(na)　　精力充沛的	元気です	元気では ありません

	過去式		
否定 （普通体）	肯定 （丁寧体）	肯定 （普通体）	否定 （普通体）
弱くない	弱かったです	弱かった	弱くなかった
若くない	若かったです	若かった	若くなかった
悪くない	悪かったです	悪かった	悪くなかった

	過去式		
否定 （普通体）	肯定 （丁寧体）	肯定 （普通体）	否定 （普通体）
安全ではない	安全でした	安全だった	安全ではなかった
いやではない	いやでした	いやだった	いやではなかった
簡単ではない	簡単でした	簡単だった	簡単ではなかった
危険ではない	危険でした	危険だった	危険ではなかった
嫌いではない	嫌いでした	嫌いだった	嫌いではなかった
きれいではない	きれいでした	きれいだった	きれいでは なかった
元気ではない	元気でした	元気だった	元気ではなかった

原形 （辞書形<ruby>じ<rt></rt></ruby>）	羅馬拼音／中文翻譯	現在式及未來式	
		肯定 （丁寧体<ruby><rt></rt></ruby>）	否定 （丁寧体<ruby><rt></rt></ruby>）
残念（な）	zannen(na)	可惜的	残念です	残念では ありません
静か（な）	shizuka(na)	安靜的	静かです	静かでは ありません
自由（な）	jiyuu(na)	自由的	自由です	自由では ありません
上手（な）	jouzu(na)	高明的、 能力優越的	上手です	上手では ありません
親切（な）	shinsetsu(na)	親切的	親切です	親切では ありません
心配（な）	shinpai(na)	擔心的	心配です	心配では ありません
好き（な）	suki(na)	喜歡的	好きです	好きでは ありません
大事（な）	daiji(na)	要緊的	大事です	大事では ありません
大丈夫（な）	daijoubu(na)	沒問題的	大丈夫です	大丈夫では ありません
大切（な）	taisetsu(na)	重要的	大切です	大切では ありません
大変（な）	taihen(na)	不得了、 吃力的	大変です	大変では ありません
だめ（な）	dame(na)	不好的	だめです	だめでは ありません

	過去式		
否定 (普通体)	肯定 (丁寧体)	肯定 (普通体)	否定 (普通体)
残念ではない	残念でした	残念だった	残念ではなかった
静かではない	静かでした	静かだった	静かではなかった
自由ではない	自由でした	自由だった	自由ではなかった
上手ではない	上手でした	上手だった	上手ではなかった
親切ではない	親切でした	親切だった	親切ではなかった
心配ではない	心配でした	心配だった	心配ではなかった
好きではない	好きでした	好きだった	好きではなかった
大事ではない	大事でした	大事だった	大事ではなかった
大丈夫ではない	大丈夫でした	大丈夫だった	大丈夫では なかった
大切ではない	大切でした	大切だった	大切ではなかった
大変ではない	大変でした	大変だった	大変ではなかった
だめではない	だめでした	だめだった	だめではなかった

原形 （辞書形）	羅馬拼音／中文翻譯		現在式及未來式		
			肯定 （丁寧体）	否定 （丁寧体）	
丁寧（な）	teinei(na)	恭敬的	丁寧です	丁寧では ありません	
特別（な）	tokubetsu(na)	特別的	特別です	特別では ありません	
熱心（な）	nesshin(na)	熱心的	熱心です	熱心では ありません	
暇（な）	hima(na)	空閒的	暇です	暇では ありません	
不便（な）	fuben(na)	不便的	不便です	不便では ありません	
下手（な）	heta(na)	笨拙的	下手です	下手では ありません	
変（な）	hen(na)	奇怪的	変です	変では ありません	
便利（な）	benri(na)	方便的	便利です	便利では ありません	
まじめ（な）	majime(na)	認真的	まじめです	まじめでは ありません	
無理（な）	muri(na)	勉強的	無理です	無理では ありません	
有名（な）	yuumei(na)	有名的	有名です	有名では ありません	
楽（な）	raku(na)	輕鬆的	楽です	楽では ありません	

	過去式		
否定 （普通体）	肯定 （丁寧体）	肯定 （普通体）	否定 （普通体）
丁寧ではない	丁寧でした	丁寧だった	丁寧ではなかった
特別ではない	特別でした	特別だった	特別ではなかった
熱心ではない	熱心でした	熱心だった	熱心ではなかった
暇ではない	暇でした	暇だった	暇ではなかった
不便ではない	不便でした	不便だった	不便ではなかった
下手ではない	下手でした	下手だった	下手ではなかった
変ではない	変でした	変だった	変ではなかった
便利ではない	便利でした	便利だった	便利ではなかった
まじめではない	まじめでした	まじめだった	まじめでは なかった
無理ではない	無理でした	無理だった	無理ではなかった
有名ではない	有名でした	有名だった	有名ではなかった
楽ではない	楽でした	楽だった	楽ではなかった

── よく使う敬語 ──
常用敬語

● 尊敬語

			丁寧語	尊敬語 （〜る）	尊敬語 （〜ます）
会う	au	見面	会います	お会いになる	お会いになります
言う	iu	說	言います	おっしゃる	おっしゃいます
行く	iku	去	行きます	いらっしゃる おいでになる	いらっしゃいます おいでになります
いる	iru	在	います	いらっしゃる おいでになる	いらっしゃいます おいでになります
聞く	kiku	聽、問	聞きます	お聞きになる	お聞きになります
来る	kuru	來	来ます	いらっしゃる おいでになる お見えになる	いらっしゃいます おいでになります お見えになります
くれる	kureru	給（我）	くれます	くださる	くださいます
する	suru	做	します	なさる される	なさいます されます
食べる	taberu	吃	食べます	召し上がる お食べになる	召し上がります お食べになります
飲む	nomu	喝	飲みます	召し上がる お飲みになる	召し上がります お飲みになります
見る	miru	看	見ます	ご覧になる	ご覧になります

●謙譲語

			丁寧語	謙譲語 (〜る)	謙譲語 (〜ます)
会う	au	見面	会います	お会いする お目にかかる	お会いします お目にかかります
あげる	ageru	給	あげます	差し上げる	差し上げます
ある	aru	有	あります	ござる	ございます
言う	iu	說	言います	申す 申し上げる	申します 申し上げます
行く	iku	去	行きます	伺う 参る	伺います 参ります
いる	iru	在	います	おる	おります
聞く	kiku	聽、問	聞きます	お聞きする 伺う 承る	お聞きします 伺います 承ります
来る	kuru	來	来ます	参る	参ります
する	suru	做	します	いたす	いたします
食べる	taberu	吃	食べます	いただく ちょうだいする	いただきます ちょうだいします
飲む	nomu	喝	飲みます	いただく ちょうだいする	いただきます ちょうだいします
見る	miru	看	見ます	拝見する	拝見します
もらう	morau	領受	もらいます	いただく	いただきます
やる	yaru	做	やります	差し上げる	差し上げます

もの　かぞ　かた
物の数え方

數量詞

	~つ （一般量詞，可用在小物品、抽象事物）	~個 （一般量詞，多用在非扁平、非細長物品）	~冊 （書本）	~枚 （紙張、盤子等扁平狀物品）	~人 （人數）
1	1つ　ひとつ hitotsu	1個　いっこ ikko	1冊　いっさつ issatsu	1枚　いちまい ichimai	1人　ひとり hitori
2	2つ　ふたつ futatsu	2個　にこ niko	2冊　にさつ nisatsu	2枚　にまい nimai	2人　ふたり futari
3	3つ　みっつ mittsu	3個　さんこ sanko	3冊　さんさつ sansatsu	3枚　さんまい sanmai	3人　さんにん sannin
4	4つ　よっつ yottsu	4個　よんこ yonko	4冊　よんさつ yonsatsu	4枚　よんまい yonmai	4人　よにん yonin
5	5つ　いつつ itsutsu	5個　ごこ goko	5冊　ごさつ gosatsu	5枚　ごまい gomai	5人　ごにん gonin
6	6つ　むっつ muttsu	6個　ろっこ rokko	6冊　ろくさつ rokusatsu	6枚　ろくまい rokumai	6人　ろくにん rokunin
7	7つ　ななつ nanatsu	7個　ななこ nanako	7冊　ななさつ nanasatsu	7枚　ななまい nanamai	7人　ななにん nananin
8	8つ　やっつ yattsu	8個　はちこ hachiko	8冊　はっさつ hassatsu	8枚　はちまい hachimai	8人　はちにん hachinin
9	9つ　ここのつ kokonotsu	9個　きゅうこ kyuuko	9冊　きゅうさつ kyuusatsu	9枚　きゅうまい kyuumai	9人　きゅうにん （くにん） kyuunin (kunin)
10	10　とお too	10個　じゅっこ jukko	10冊　じゅっさつ jussatsu	10枚　じゅうまい juumai	10人　じゅうにん juunin

	～本 （鉛筆、傘等細長物品）	～杯 （飲料等液體）	～台 （交通工具、電器用品）	～匹 （中小型動物）	～頭 （大型動物）
1	1本　いっぽん ippon	1杯　いっぱい ippai	1台　いちだい ichidai	1匹　いっぴき ippiki	1頭　いっとう ittou
2	2本　にほん nihon	2杯　にはい nihai	2台　にだい nidai	2匹　にひき nihiki	2頭　にとう nitou
3	3本　さんぼん sanbon	3杯　さんばい sanbai	3台　さんだい sandai	3匹　さんびき sanbiki	3頭　さんとう santou
4	4本　よんほん yonhon	4杯　よんはい yonhai	4台　よんだい yondai	4匹　よんひき yonhiki	4頭　よんとう yontou
5	5本　ごほん gohon	5杯　ごはい gohai	5台　ごだい godai	5匹　ごひき gohiki	5頭　ごとう gotou
6	6本　ろっぽん roppon	6杯　ろっぱい roppai	6台　ろくだい rokudai	6匹　ろっぴき roppiki	6頭　ろくとう rokutou
7	7本　ななほん nanahon	7杯　ななはい nanahai	7台　ななだい nanadai	7匹　ななひき nanahiki	7頭　ななとう nanatou
8	8本　はっぽん happon	8杯　はっぱい happai	8台　はちだい hachidai	8匹　はっぴき happiki	8頭　はっとう hattou
9	9本　きゅうほん kyuuhon	9杯　きゅうはい kyuuhai	9台　きゅうだい kyuudai	9匹　きゅうひき kyuuhiki	9頭　きゅうとう kyuutou
10	10本 じゅっぽん juppon	10杯 じゅっぱい juppai	10台 じゅうだい juudai	10匹 じゅっぴき juppiki	10頭 じゅっとう juttou

基本単語
旅遊、生活必備基本單字

● 家族／家人

父	chichi	父親	夫	otto	丈夫
母	haha	母親	妻	tsuma	妻子
兄	ani	哥哥	息子	musuko	兒子
弟	otouto	弟弟	娘	musume	女兒
姉	ane	姊姊	両親	ryoushin	雙親
妹	imouto	妹妹	親子	oyako	親子
祖父	sofu	祖父	兄弟	kyoudai	兄弟
祖母	sobo	祖母	姉妹	shimai	姊妹
孫	mago	孫子	親戚	shinseki	親戚

● 人／人

大人	otona	大人	男性	dansei	男性
子供	kodomo	小孩	女性	josei	女性
成年	seinen	成年	老人	roujin	老人
未成年	miseinen	未成年	赤ちゃん	akachan	嬰兒

● 職業／職業

会社員 kaishain	上班族	学生 gakusei	學生
公務員 koumuin	公務員	調理師 chourishi	廚師、烹飪師（經日本國家考試）
教師 kyoushi	教師	保育士 hoikushi	保育人員
医者 isha	醫師	介護士 kaigoshi	看護
看護師 kangoshi	護理師	運転手 untenshu	司機
弁護士 bengoshi	律師	配達員 haitatsuin	快遞員
警官 keikan	警官	事務員 jimuin	行政人員

● 駅／車站

改札 kaisatsu	剪票口	座席 zaseki	座位
普通列車 futsuuressha	普通列車	自由席 jiyuuseki	自由座
急行列車 kyuukouressha	快速列車	指定席 shiteiseki	對號座
特急列車 tokkyuuressha	特快列車	禁煙席 kinenseki	禁菸區座位
発車時刻 hasshajikoku	發車時間	片道切符 katamichikippu	單程票
到着時刻 touchakujikoku	到達時間	往復切符 oufukukippu	來回票

● 乗り物／交通工具

地下鉄	chikatetsu	地下鐵	バス	basu	公車
列車	ressha	列車	タクシー	takushi	計程車
電車	densha	電車	バイク	baiku	機車
車	kuruma	車	船	fune	船
自動車	jidousha	汽車	自転車	jitensha	腳踏車

● 空港／機場

入国	nyuukoku	入國	航空券	koukuuken	機票
出国	shukkoku	出國	荷物棚	nimotsudana	行李架
パスポート	pasupoto	護照	窓側	madogawa	靠窗座位
飛行機	hikouki	飛機	通路側	tsuurogawa	靠走道座位
国際線	kokusaisen	國際線	座席番号	zasekibangou	座位號碼
国内線	kokunaisen	國內線	旅券番号	ryokenbangou	護照號碼

● 家／住家

玄関	genkan	玄關	台所	daidokoro	廚房
部屋	heya	房間	洗面所	senmenjo	盥洗室
寝室	shinshitsu	臥室	風呂場	furoba	浴室
廊下	rouka	走廊	トイレ	toire	廁所
階段	kaidan	樓梯	1階	ikkai	1樓
庭	niwa	庭院	2階	nikai	2樓
駐車場	chuushajou	停車場	鍵	kagi	鑰匙

● 部屋／房間

ドア	doa	門	テーブル	teburu	桌子
窓	mado	窗戶	椅子	isu	椅子
電気	denki	電燈	本棚	hondana	書架
水道水	suidousui	自來水	時計	tokei	時鐘
ガス	gasu	瓦斯	暖房	danbou	暖氣
テレビ	terebi	電視	冷房	reibou	冷氣
電話	denwa	電話	ごみ箱	gomibako	垃圾桶

● 台所／廚房

冷蔵庫	reizouko	冰箱	箸	hashi	筷子
炊飯器	suihanki	電鍋	スプーン	supun	湯匙
食器	shokki	餐具	フォーク	foku	叉子
食器棚	shokkidana	廚櫃	お皿	osara	盤子
茶碗	chawan	碗	布巾	fukin	抹布（乾淨的布，用來擦桌子、碗盤等）
湯のみ	yunomi	茶杯	雑巾	zoukin	抹布（擦髒東西用的布，例如地板）
鍋	nabe	鍋子	生ごみ	namagomi	廚餘

● 街／街道上

デパート	depato	百貨公司	会社	kaisha	公司
銀行	ginkou	銀行	工場	koujou	工廠
郵便局	yuubinkyoku	郵局	学校	gakkou	學校
交番	kouban	派出所	病院	byouin	醫院
公園	kouen	公園	警察署	keisatsusho	警察局
図書館	toshokan	圖書館	美術館	bijutsukan	美術館
映画館	eigakan	電影院	教会	kyoukai	教會
市場	ichiba	市場	寺院、お寺	jiin, otera	寺院、寺廟

● 店／商店

喫茶店	kissaten	咖啡廳	コンビニ	konbini	便利商店
菓子店	kashiten	甜點店	スーパー	supa	超市
パン屋	panya	麵包店	居酒屋	izakaya	居酒屋
花屋	hanaya	花店	食堂	shokudou	餐廳
薬局	yakkyoku	藥局	免税店	menzeiten	免税店
書店	shoten	書店	宝石店	housekiten	珠寶店
レストラン	resutoran	西餐廳	化粧品店	keshouhinten	化妝品店

● 店内の表示／店裡的標誌

入口 iriguchi	入口	禁煙 kinen	禁菸
出口 deguchi	出口	御手洗 otearai	洗手間
非常口 hijouguchi	緊急出口	男子トイレ danshitoire	男廁
非常階段 hijoukaidan	逃生梯	女子トイレ joshitoire	女廁

● 工場の掲示／工廠告示牌

禁煙 kinen	禁菸	出入禁止 deirikinshi	禁止進入
点検中 tenkenchuu	檢查中	駐車禁止 chuushakinshi	禁止停車
修理中 shuurichuu	維修中	頭上注意 zujouchuui	當心頭上
安全第一 anzendaiichi	安全第一	足元注意 ashimotochuui	小心地滑

● お金／金錢

現金 genkin	現金	財布 saifu	錢包
紙幣 shihei	紙鈔	小銭 kozeni	零錢
硬貨 kouka	硬幣	お釣り otsuri	找零
税金 zeikin	稅金	借金 shakkin	借款
領収書 ryoushuusho	收據	契約書 keiyakusho	合約

● 買い物／購物

値段 nedan	價格	無料 muryou	免費
価格 kakaku	價格	有料 yuuryou	收費
定価 teika	定價	使用料 shiyouryou	使用費
本体価格 hontaikakaku	本體價格（未含稅）	サービス料 sabisuryou	服務費
税込価格 zeikomikakaku	含稅價格	電子決済 denshikessai	電子支付
消費税 shouhizei	消費稅	支払い shiharai	付款

● 振り込み、引き落とし／轉帳、提款

銀行口座 ginkoukouza	銀行帳戶	給料 kyuuryou	薪水
口座番号 kouzabangou	帳戶號碼	給与明細 kyuuyomeisai	薪資明細表
暗証番号 anshoubangou	密碼	公共料金 koukyouryoukin	公共事業費（針對公家機關及公益事業提供的服務，消費者支付的費用，例如水費、電費、郵資等）
口座名義 kouzameigi	帳戶戶名	家賃 yachin	房租
口座通帳 kouzatsuuchou	存摺	手数料 tesuuryou	手續費

● 体／身體

顔	kao	臉	頭	atama	頭
目	me	眼睛	胃	i	胃
耳	mimi	耳朵	腸	chou	腸
鼻	hana	鼻子	心臓	shinzou	心臟
口	kuchi	嘴巴	肝臓	kanzou	肝臟
歯	ha	牙齒	腎臓	jinzou	腎臟
喉	nodo	喉嚨	腕	ude	手臂
胸	mune	胸	手	te	手
お腹	onaka	肚子	脚	ashi	腿
腰	koshi	腰	足	ashi	腳

● 病院、薬／醫院、藥物

医者	isha	醫生	検査	kensa	檢查
看護師	kangoshi	護理師	手術	shujutsu	手術
薬剤師	yakuzaishi	藥劑師	入院	nyuuin	住院
外科	geka	外科	退院	taiin	出院
内科	naika	內科	薬	kusuri	藥物
胃腸科	ichouka	胃腸科	風邪薬	kazegusuri	感冒藥
婦人科	fujinka	婦科	解熱剤	genetsuzai	退燒藥
小児科	shounika	小兒科	鎮痛剤	chintsuuzai	止痛藥
歯科	shika	牙科	食前	shokuzen	飯前
耳鼻科	jibika	耳鼻喉科	食後	shokugo	飯後
病気	byouki	生病	怪我	kega	受傷

● 食べ物／食物

ご飯	gohan	米飯	果物	kudamono	水果
米	kome	米	お菓子	okashi	點心
寿司	sushi	壽司	パン	pan	麵包
蕎麦	soba	蕎麥麵	卵	tamago	蛋
天ぷら	tenpura	天婦羅	おでん	oden	關東煮
魚	sakana	魚	肉	niku	肉
焼き魚	yakizakana	烤魚	牛肉	gyuuniku	牛肉
刺し身	sashimi	生魚片	豚肉	butaniku	豬肉
野菜	yasai	蔬菜	鶏肉	toriniku	雞肉

● 飲み物／飲料

水	mizu	白開水	お酒	osake	酒
お茶	ocha	茶	日本酒	nihonshu	日本酒
緑茶	ryokucha	綠茶	ビール	biru	啤酒
麦茶	mugicha	麥茶	コーヒー	kohi	咖啡
味噌汁	misoshiru	味噌湯	紅茶	koucha	紅茶

● 趣味、スポーツ／興趣、運動

映画	eiga	電影	野球	yakyuu	棒球
演劇	engeki	戲劇	卓球	takkyuu	桌球
音楽	ongaku	音樂	水泳	suiei	游泳
読書	dokusho	閱讀	写真	shashin	拍照

● 衣類、身の回りの物／衣物、隨身物品

服	fuku	衣服	学生証	gakuseishou	學生證
上着	uwagi	外衣	財布	saifu	錢包
下着	shitagi	內衣	腕時計	udedokei	手錶
長袖	nagasode	長袖	指輪	yubiwa	戒指
半袖	hansode	短袖	香水	kousui	香水
靴下	kutsushita	襪子	靴	kutsu	鞋子
帽子	boushi	帽子	傘	kasa	傘
身分証明書 mibunshoumeisho		身分證	運転免許証 untenmenkyoshou		駕照

● 学校／學校

先生	sensei	老師	教科書	kyoukasho	教科書
生徒	seito	學生	ノート	noto	筆記本
授業	jugyou	上課	予習	yoshuu	預習
試験	shiken	考試	復習	fukushuu	複習
成績	seiseki	成績	鞄	kaban	書包
宿題	shukudai	作業	制服	seifuku	制服
机	tsukue	桌子	体育館	taiikukan	體育館
椅子	isu	椅子	運動場	undoujou	運動場
黒板	kokuban	黑板	保健室	hokenshitsu	保健室
教室	kyoushitsu	教室	職員室 shokuinshitsu		教師辦公室

───── 日本の47都道府県、主な都市 ─────

日本47都道府縣與主要都市

都道府県／都道府縣			主な都市／主要都市		
北海道	hokkaidou	北海道	札幌市	sapporoshi	札幌市
青森県	aomoriken	青森縣	青森市	aomorishi	青森市
岩手県	iwateken	岩手縣	盛岡市	moriokashi	盛岡市
宮城県	miyagiken	宮城縣	仙台市	sendaishi	仙台市
秋田県	akitaken	秋田縣	秋田市	akitashi	秋田市
山形県	yamagataken	山形縣	山形市	yamagatashi	山形市
福島県	fukushimaken	福島縣	福島市	fukushimashi	福島市
茨城県	ibarakiken	茨城縣	水戸市	mitoshi	水戸市
栃木県	tochigiken	栃木縣	宇都宮市	utsunomiyashi	宇都宮市
群馬県	gunmaken	群馬縣	前橋市	maebashishi	前橋市
埼玉県	saitamaken	埼玉縣	さいたま市	saitamashi	埼玉市
千葉県	chibaken	千葉縣	千葉市	chibashi	千葉市
東京都	toukyouto	東京都	東京	toukyou	東京
神奈川県	kanagawaken	神奈川縣	横浜市	yokohamashi	横濱市
新潟県	niigataken	新潟縣	新潟市	niigatashi	新潟市
富山県	toyamaken	富山縣	富山市	toyamashi	富山市
石川県	ishikawaken	石川縣	金沢市	kanazawashi	金澤市

福井県 fukuiken	福井縣	福井市 fukuishi		福井市
山梨県 yamanashiken	山梨縣	甲府市 koufushi		甲府市
長野県 naganoken	長野縣	長野市 naganoshi		長野市
岐阜県 gifuken	岐阜縣	岐阜市 gifushi		岐阜市
静岡県 shizuokaken	靜岡縣	静岡市 shizuokashi		靜岡市
愛知県 aichiken	愛知縣	名古屋市 nagoyashi		名古屋市
三重県 mieken	三重縣	津市 tsushi		津市
滋賀県 shigaken	滋賀縣	大津市 ootsushi		大津市
京都府 kyoutofu	京都府	京都市 kyoutoshi		京都市
大阪府 oosakafu	大阪府	大阪市 oosakashi		大阪市
兵庫県 hyougoken	兵庫縣	神戸市 koubeshi		神戸市
奈良県 naraken	奈良縣	奈良市 narashi		奈良市
和歌山県 wakayamaken	和歌山縣	和歌山市 wakayamashi		和歌山市
鳥取県 tottoriken	鳥取縣	鳥取市 tottorishi		鳥取市
島根県 shimaneken	島根縣	松江市 matsueshi		松江市
岡山県 okayamaken	岡山縣	岡山市 okayamashi		岡山市
広島県 hiroshimaken	廣島縣	広島市 hiroshimashi		廣島市
山口県 yamaguchiken	山口縣	山口市 yamaguchishi		山口市
徳島県 tokushimaken	德島縣	徳島市 tokushimashi		德島市
香川県 kagawaken	香川縣	高松市 takamatsushi		高松市
愛媛県 ehimeken	愛媛縣	松山市 matsuyamashi		松山市

高知県 kouchiken	高知縣	高知市 kouchishi	高知市
福岡県 fukuokaken	福岡縣	福岡市 fukuokashi	福岡市
佐賀県 sagaken	佐賀縣	佐賀市 sagashi	佐賀市
長崎県 nagasakiken	長崎縣	長崎市 nagasakishi	長崎市
熊本県 kumamotoken	熊本縣	熊本市 kumamotoshi	熊本市
大分県 ooitaken	大分縣	大分市 ooitashi	大分市
宮崎県 miyazakiken	宮崎縣	宮崎市 miyazakishi	宮崎市
鹿児島県 kagoshimaken	鹿兒島縣	鹿児島市 kagoshimashi	鹿兒島市
沖縄県 okinawaken	沖繩縣	那覇市 nahashi	那覇市

── 日本人に多い名字 ──

常見的日本人姓氏

阿部 abe	小野 ono	斎藤 saitou	田中 tanaka	林 hayashi	安田 yasuda
石井 ishii	加藤 katou	坂本 sakamoto	中島 nakajima	藤田 fujita	山口 yamaguchi
伊藤 itou	木村 kimura	佐々木 sasaki	中村 nakamura	前田 maeda	山田 yamada
井上 inoue	工藤 kudou	佐藤 satou	西村 nishimura	松本 matsumoto	山本 yamamoto
遠藤 endou	小池 koike	清水 shimizu	野田 noda	村上 murakami	吉田 yoshida
岡田 okada	後藤 gotou	鈴木 suzuki	橋本 hashimoto	望月 mochizuki	和田 wada
小川 ogawa	小林 kobayashi	高橋 takahashi	浜田 hamada	森田 morita	渡辺 watanabe

國家圖書館出版品預行編目（CIP）資料

開口說日語的捷徑：簡單說更道地，日常表達、旅遊必備，
就算只會 50 音。／德山隆著；賴詩韻譯 . -- 初版 . -- 臺北市：
大是文化有限公司，2023.08
272 面；14.8×21 公分 . --（Style；76）
ISBN 978-626-7328-16-3（平裝）

1. CST：日語　2. CST：句法

803.169　　　　　　　　　　　　　　　112007470

Style 076

開口說日語的捷徑

簡單說更道地，日常表達、旅遊必備，就算只會 50 音。

作　　者／德山隆
譯　　者／賴詩韻
責任編輯／連珮祺
校對編輯／劉宗德、李芊芊
美術編輯／林彥君
副 主 編／馬祥芬
副總編輯／顏惠君
總 編 輯／吳依瑋
發 行 人／徐仲秋
會計助理／李秀娟
會　　計／許鳳雪
版權主任／劉宗德
版權經理／郝麗珍
行銷企劃／徐千晴
行銷業務／李秀蕙
業務專員／馬絮盈、留婉茹
業務經理／林裕安
總 經 理／陳絜吾

出 版 者／大是文化有限公司
　　　　　臺北市 100 衡陽路 7 號 8 樓
　　　　　編輯部電話：（02）23757911
　　　　　購書相關諮詢請洽：（02）23757911 分機 122
　　　　　24 小時讀者服務傳真：（02）23756999
　　　　　讀者服務 E-mail：dscsms28@gmail.com
　　　　　郵政劃撥帳號：19983366　戶名：大是文化有限公司

法律顧問／永然聯合法律事務所
香港發行／豐達出版發行有限公司 Rich Publishing & Distribution Ltd
　　　　　地址：香港柴灣永泰道 70 號柴灣工業城第 2 期 1805 室
　　　　　　　　 Unit 1805, Ph.2, Chai Wan Ind City, 70 Wing Tai Rd, Chai Wan, Hong Kong
　　　　　電話：21726513　傳真：21724355
　　　　　E-mail：cary@subseasy.com.hk

封面設計／林雯瑛　內頁排版／江慧雯
印　　刷／韋懋實業有限公司

出版日期／2023 年 8 月　初版
定　　價／新臺幣 420 元（缺頁或裝訂錯誤的書，請寄回更換）
I S B N ／978-626-7328-16-3
電子書 ISBN ／9786267328149（PDF）
　　　　　　　 9786267328156（EPUB）